COLLECTION FOLIO

Camille Laurens

Romance nerveuse

Gallimard

Agrégée de lettres modernes, Camille Laurens a enseigné en Normandie puis au Maroc où elle a passé douze ans. Elle vit maintenant à Paris. Elle a obtenu le prix Femina pour *Dans ces bras-là* (2000).

Toute âme est un nœud rythmique.

STÉPHANE MALLARMÉ

I

BORDERLINE

Tu m'as envoyé ce matin sans un mot le lien vers un site de statistiques. Il y a eu aujourd'hui 218 799 naissances dans le monde, et 218 840 le temps de l'écrire. 90 102 personnes sont mortes aujourd'hui, 11 pendant que je tapais cette phrase. Ça clignote à toute allure le long du tableau qui défile, nombre de calories, tonnes de CO_2, population mondiale, séropositifs, avortements, livres publiés. Près d'un milliard de gens sont obèses dans le monde, et 17 680 personnes sont mortes de faim aujourd'hui 20 octobre 2008, en début d'après-midi. Souvent, l'œil n'a pas le temps d'accommoder, ça s'emballe à la vitesse des dollars dépensés en régimes, la Terre s'affole en mitraille, vomit des ni vus ni connus ; quelquefois l'œil attend, s'adapte à l'inertie d'une femme qui va mourir en couches — jamais longtemps. C'est la mort qui va le moins vite, pourtant, elle a grosso modo le rythme d'un cœur qui bat. Si l'on reste un instant devant l'écran, on voit basculer d'une unité dans la suivante le nombre d'enfants morts, de gens vaincus par le cancer, le tabac, la malaria, les pesticides, ce qui s'additionne là se soustrait à tout, ce qui se retranche s'ajoute, les chiffres enterrent les visages et les noms, il n'y a pas de bord, pas de fin, c'est sans limites : on ne compte plus.

Alors on peut commencer.

« Un peu plus à gauche, oui, très bien… Attends, une autre, s'il te plaît ! De profil… Rien qu'une, là, sur la barque… » Agnès se prête au jeu des poses, elle sourit à l'objectif et à cet inconnu rencontré la veille au restaurant du club. Il y a huit jours que nous sommes là, sous le ciel de Djerba, à changer de robe tous les soirs et à boire des mojitos tandis qu'au bord de la piscine les uns crient : « Vous ê-tes fa-ti-gués », d'autres hurlent : « On n'est-pas-fa-ti-gués », samba samba samba. Normalement, je ne devais pas partir avec Agnès et ses enfants, souvent je reste à Paris l'été, mais juste avant le départ, son mari s'est cassé la cheville et elle m'a proposé sa place. Je n'ai pas hésité : Djerba, dans l'*Odyssée*, est l'île des Lotophages où les marins d'Ulysse mangent la fleur d'oubli, et j'avais quelque chose à oublier. Lui vient d'arriver ; hier, au restaurant, quand Thomas, l'aîné, lui a demandé si on pouvait s'asseoir à sa table, il a bougonné que oui, si vraiment on ne trouvait pas de place ailleurs. On s'est regardées, Agnès et moi, encore un pauvre mec, mais il n'y avait en effet pas de place ailleurs. Ensuite il s'est déridé, a plaisanté avec les enfants, posé des questions à Agnès, ce qu'elle faisait dans la vie, ce qu'elle pensait du vin, si elle restait jusqu'à la fin juillet. Il était là pour quelques jours, n'aimait pas ces ambiances factices de vacances ni chic ni cheap, mais c'était son entreprise qui lui payait le séjour. Il s'appelait Luc. On a fini la soirée tous les trois sur un catamaran face à la mer, lui tourné de trois quarts dos vers Agnès, ils fumaient beaucoup, ils n'étaient pas d'accord sur la question de l'indépendance de la Corse. Ce matin, nous l'avons retrouvé sur la plage, il voulait essayer son nouvel appareil photo, et voilà une demi-heure qu'il mitraille Agnès sous tous les angles. Il est brun, grand, il n'a guère plus de trente-cinq ans. Son dos est très hâlé déjà, mince mais puissant, en harmonie avec ses bras dont la musculature semble naturelle, ses épaules, bref, la plage est presque déserte, quelques familles, des amoureux qui s'embrassent sur le ponton bordé de bouées jaunes et bleues, un gros chauve à Ray-Ban qui nous fixe de loin, jambes écartées, mains sur les hanches, vigile du sable. Je propose à Charlotte, la fille d'Agnès, de faire une partie avec elle jusqu'à l'heure du tournoi. « Tu fais le tournoi ? dit Luc à la petite. Moi aussi je me suis inscrit, mais j'ai oublié mes chaussures. Tu n'aurais pas des tennis à me prêter, du 46 ? » Elle rit. Plus tard, j'attends ma partenaire sur la terrasse qui surplombe les courts, il étudie le tableau d'affichage, il porte un bermuda beige et des mocassins en nubuck. Il passe près de moi, les yeux ailleurs, concentré comme s'il longeait un abîme ; puis mon adversaire arrive, c'est une blonde dans une robe plissée rose avec un décolleté en V au bord duquel, en revanche, il ne semble pas craindre le vertige, je vais lui coller deux roues de bicyclette, à celle-là, vous pouvez me croire. « Quel superbe bronzage, lui dit-il. Vous êtes d'où ? », elle est de Bruxelles, et lui ? lui, il est de Paris, mais il va quelquefois en Belgique, elle vient chaque été en Tunisie, il fait tellement beau, les gens sont tellement gentils, malheureusement elle s'en va le soir même, dommage, oui, dommage, alors à Bruxelles peut-être, oui, peut-être. Puis il va renseigner des Américains qui ne lui demandent rien, *hello guys*, ceux-ci s'extasient bientôt sur son anglais effectivement impeccable, est-il français ou américain, il rit, *what do you think ?* En fait, sa mère est traductrice, lui-même a vécu dix ans à Los Angeles, il espère y retourner un jour, en tout cas si vous passez par Paris, appelez-moi, leur dit-il, et il leur donne son numéro de portable, *hope to see you.* Je me lève, il repasse devant moi avec son sac de sport, je sautille, je m'étire, il fouille dans ses affaires, *good luck*, lance-t-il à ma partenaire — sa mère est traductrice et mon père est vitrier. Après ma victoire annoncée — 6 - 0, 6 - 0, bonjour au plat pays —, je le regarde terminer son match, volée incisive, service canon, petite faiblesse sur le revers ; entre deux échanges, il se déplace lentement sur le court, il traîne les pieds, avec je ne sais quoi dans son allure, un calme aux aguets, un indolent qui-vive ; quand il marque un point, sa nonchalance frise l'insolence, mais ses épaules restent crispées comme s'il craignait d'être attaqué par-derrière. Finalement il perd, « j'ai failli me faire avoir avec vos chaussures de ville, dit l'autre, ça m'a perturbé ». Charlotte me rejoint, nous descendons les gradins jusqu'à lui, il sifflote, « alors Charlotte, tu as bien joué ? », dit-il en enlevant son tee-shirt — son odeur, ses aisselles, les poils noirs de son torse, la mer qu'on voit danser ; puis il se dirige vers le vestiaire en allumant une Players, mes doigts sont engoncés dans le grillage, je les secoue, « petit singe ! », me crie Charlotte déjà loin, il ne se retourne pas. Les courts sont déserts maintenant, on dirait un empire écroulé — partout les tennis ont l'air faits pour être abandonnés. La terrasse se vide aussi, palmier en pot, sac de terre en toile de jute, seau cabossé débordant de balles dépareillées, soleil jaune Dunlop — grande vacance.

Nous passons presque tout le week-end ensemble, il ne disparaît qu'au moment où c'est mon tour de jouer contre lui au ping-pong, brusquement il tend sa raquette à Thomas, il n'a plus envie. Le soir, il invite Agnès à danser, ils se démènent sur un rock endiablé puis enchaînent avec un zouk collé serré, tu nous filmes ? me dit-il en me tendant son téléphone portable, je les filme, ils reviennent vers moi souriants, en sueur, au fait, Agnès, dis-je en rabattant le clapet, tu as des nouvelles d'Albert ? Toujours dans le plâtre ? Luc lui demande ce qu'elle fait dans la vie, il le lui a déjà demandé la veille mais bon, elle est attachée de presse, elle travaille pour un grand éditeur, ça consiste à parler des nouveaux livres aux journalistes, à essayer d'obtenir de bonnes critiques. Et ça marche ? Ça marche quand le livre est bon… comme ceux de Laurence, dit Agnès en me désignant, tu n'as pas lu *Carnet de bal* ? Luc coule vers moi la moitié d'un œil, de l'autre il regarde ma petite vidéo, ah bon, dit-il d'une voix atone, tu es écrivain ? Il a lui-même un grand-père écrivain, il cite un nom célèbre, un de ces auteurs connus dont personne ne sait s'ils sont toujours vivants, quelque chose entre Maurice Druon et Henri Troyat, disons Amaury Troyon pour être tranquille, j'ai lu un peu d'Amaury Troyon dans le temps, ce n'est pas si mal, est-il toujours vivant, non, il est mort. Et toi, me dit-il, moi je suis vivante, mais non, et moi, c'est quoi mon nom, Laurence comment ? non, pas Laurence, lui dis-je — je lui donne mon nom d'auteur —, j'ai pris un pseudonyme pour, connais pas, dit-il, tu bois quelque chose, Agnès ?

Allongée sur le lit de ma chambrette single, rideau de lumière à la fenêtre, palmes des arbres posés sur la mer, je suis à Dijon, je m'appelle Laurence, j'ai quinze ans, je lis Marivaux. Ce garçon qui fait semblant de ne pas me voir, qui se trouve toujours une conversation ailleurs dès que j'arrive sous le préau, quelle indifférence, quelle façon de marquer sa différence, oui, ce garçon-là qui est passé devant moi tout à l'heure comme si j'étais un cactus vulgus, ne peut-on entendre autrement la phrase que son corps martèle, en me disant par tous les pores de sa peau : « Je ne te regarde pas », ne me pose-t-il pas plutôt une question, tout est affaire d'inflexion après tout, il suffit de rajouter un point d'interrogation, de transcrire en montant la voix notre dialogue muet : Je ne te regarde pas ? — Mais si, tu me regardes, évidemment que tu me regardes, voyons ! En quoi on se regardait, Luc et moi, je n'aurais pu le dire alors, mais je l'éprouvais : nous avions quelque chose à voir. Il ne s'appelle pas Luc, bien sûr, « dans la vraie vie », comme il aime à dire, c'est seulement que je commence un livre.

Luc est parti trois jours avant nous. Le matin de son départ, nous échangeons nos coordonnées, il note nos numéros sur son paquet de cigarettes ; quelques minutes plus tard, il le froisse en boule dans sa main et le lance avec adresse en direction de la poubelle, yes, dit-il en serrant le poing. Son départ laisse dans l'air un effet de pochoir. Les jours suivants, Agnès m'écoute à nouveau raconter ce qui m'obsède, à Djerba les marins d'Ulysse ont épuisé la fleur de *lotos,* je me souviens de tout. Au début de l'été, une romancière qui publie chez le même éditeur que moi a fait paraître *Dolorosa,* un roman dans lequel la narratrice, sous forme de lamentation intime, pleure la perte de son fils, sa mort de papier. Elle a repris presque textuellement certaines phrases de mon propre récit, *Philippe*, écrit d'un seul jet après la mort de mon fils, en 1994. Un autre écrivain avait déjà protesté, quelques années plus tôt, contre semblable singerie. Georges L., notre commun éditeur, voudrait que je comprenne : oui, plusieurs passages rappellent mon récit, l'auteur ne le nie pas, elle l'a relu à cette occasion, mais, souligne Georges qui me rapporte avec assez d'embarras ses explications, ces citations témoignent seulement de l'admiration qu'elle a pour *Philippe*, livre qui l'a décidée naguère à choisir la même maison d'édition pour publier son premier roman ; bref, je dois voir un hommage dans ces emprunts. Tu te rends compte, dis-je à Agnès, qu'elle n'a pas mis *une* ligne de remerciement en dernière page ! Ou simplement indiqué ses lectures. Rien. Aucune mention, aucune référence. Je n'ai même pas reçu le livre. Elle l'a dédicacé à tout le monde, sauf à moi. Tu parles d'un hommage ! — Qu'est-ce qui te blesse, au juste ? De n'avoir pas été prévenue ? Ou bien le roman lui-même ? Qu'elle l'ait écrit ou qu'on te l'ait caché ? — Tout ! Tout me blesse : qu'elle parle du « thème de l'enfant mort » ; qu'elle répète partout « c'est un livre sur le deuil ». On dirait qu'elle parle d'un essai ! Ce n'est pas pareil, un thème et un sentiment. Parfois, le sens n'advient que du vécu. Il y a des livres qui ne sont beaux que parce qu'ils ont été écrits depuis, écrits de. Nous voulons des romans d'amour, pas des romans sur l'amour, des livres de deuil, pas des livres sur le deuil. Barthes disait qu'écrire sur quelque chose, c'est le périmer : c'est exactement ça, son livre met une date de péremption au chagrin, le consomme, et donc le détruit. Pourtant, malgré tout, si elle m'avait parlé, si elle m'avait juste dit que mon récit l'avait inspirée, je l'aurais admis, j'aurais avalé la couleuvre. Pas pour elle. Mais pour Georges. Par amitié pour lui, parce qu'il est mon éditeur depuis le début, qu'il m'a toujours soutenue. J'ai tant de souvenirs avec lui, depuis dix-sept ans. D'autant plus que depuis deux ou trois mois, nous étions particulièrement proches, à cause de son film. Oui, Georges a réalisé un film, il y a passé beaucoup de temps cette année : une forme de documentaire autobiographique, très intime, autour d'un secret d'enfance. Il m'a demandé de faire la voix off — la voix de sa mère. On l'a enregistrée chez moi il y a quelques semaines, ça a été un moment très important — pour nous deux, je crois —, très bouleversant. — Tu te sens trahie ? — Oui, au fond oui. C'est peut-être difficile à comprendre de l'extérieur, mais cela me fait violence, violence terrible. Tu imagines Hervé Guibert dans une petite maison d'édition, disons Minuit, Guibert qui aurait publié tous ses livres chez Minuit, et un jour un autre écrivain Minuit apporte à Lindon — au grand éditeur qu'est Lindon — le manuscrit d'un roman écrit à la première personne : c'est le récit d'un homme qui a le sida, on le suit dans sa vie, à l'hôpital, au labo, on le voit tomber dans la rue, se vider en diarrhées, compter ses T4, avoir peur de mourir, etc. Çà et là, on reconnaît quelques allusions à la littérature du sida, des citations, une imprégnation. Sauf que c'est une fiction, que l'auteur se porte comme un charme. Et Lindon publie ce livre sans même en informer Guibert ? Sans se poser aucune question ? Au nom du talent ? De la liberté du romancier ? Vraiment ?

Nous nous sommes quittés à Orly, Agnès, ses enfants et moi, ils reprenaient aussitôt une correspondance pour la Bretagne. Il pleuvait, la pluie battait les vitres de l'aérogare, des feuilles mortes se décomposaient sur le carrelage, se collaient aux sandales, on se serait cru en octobre. Nous étions en train de nous embrasser dans le hall quand soudain Charlotte a tendu le doigt, bouche ouverte, « mais c'est les… c'est nos… », a-t-elle bégayé — c'était les photos de nos vacances, oui, à n'en pas douter, c'était nos vacances qui s'étalaient à la vitrine du relais H avec une rare immodestie, c'était le palmier tordu de la plage sous lequel nous avions cherché l'ombre, et le ponton jaune et bleu d'où avaient plongé les enfants quelques jours plus tôt, et le podium pailleté de nos soirées dansantes, c'était bien eux mais sans nous, on nous avait retirés de nos vacances pour y mettre un couple étranger, « Christophe Maé très hâlé mais très casé », commentait la couverture de *Closer*, ils s'avançaient nets main dans la main sur le sable, s'allongeaient flous sur le ponton, s'embrassaient fondus dans les vagues, trinquaient brumeux au bord de la piste de danse, « À Djerba rien n'empêche que l'on s'abandonne », titrait *Voici*. Putain, a gémi Thomas, je le crois pas, y avait Christophe Maé à Djerba et on l'a même pas reconnu ! J'aurais pu avoir un autographe et le revendre ! Je suis trop vénère… Je n'avais jamais entendu parler de Christophe Maé. Inconnu au bataillon, ai-je dit à ma fille Alice, jointe par téléphone dans le taxi qui me ramenait à Paris, c'est quel genre ? Mais si…, a-t-elle protesté, faut pas qu'on s'attache et qu'on s'empoisonne, avec une flèche qui nous illusionne oo a-t-elle chanté, et j'ai eu envie de la serrer dans mes bras, c'est LE tube de l'été, maman, t'es un vrai boulet, on n'entend que ça depuis trois mois ! Tenez, c'est lui, justement, a ajouté le chauffeur, pas gêné, en montant le son de la radio, c'est pas pour moi le costard uniforme, j'ai pas l'intégrale du gendre idéal…, pourtant pas contre l'amour, je s'rais même plutôt pour, oo.

L'été 2007 a été assez pourri. Il a beaucoup plu. Ma fille Alice passait comme d'habitude toutes les vacances chez son père. Mon éditeur m'a invitée à déjeuner pour tenter de me faire entendre raison. Il comprenait ma réaction, il l'avait anticipée dès la lecture du manuscrit. Mais d'un autre côté, a-t-il remarqué, ça commence à faire longtemps, Philippe. Bref, tout cela n'était pas bien grave, je n'avais qu'à écrire à l'intéressée ce que j'avais sur le cœur, et voilà tout, qu'on n'en parle plus. Est-ce que ce n'est pas à elle de m'écrire ? répétais-je, front buté, poings serrés. Nous nous sommes quittés sur le trottoir, il partait le jour même dans le Sud où son film devait participer à un festival important, il avait hâte. Sur le chemin du retour, cette phrase m'a poursuivie, « ça commence à faire longtemps, Philippe ». Liquidation du deuil, enterrement du livre ? Je le lui avais confié autrefois. On pouvait donc le recouvrir, jeter d'autres mots par-dessus comme des pelletées d'oubli ? Périmé, voilà, périmé. Renouvellement du stock ! Touche *refresh* de la littérature maison. Qu'on n'en parle plus. Mais moi, je voulais en parler, justement, j'étais folle de silence. J'ai écrit en une nuit blanche le récit de cette affaire, je l'ai appelé « *Dolorosa* : un roman Stabilo », et je l'ai envoyé à la revue *Littérature*, dont je connaissais le directeur. Quelque chose s'est calmé dans mon cœur, le temps de l'écrire.

Luc a appelé le lendemain, j'étais en train de pleurer sur mon canapé, salut, c'est Luc, on s'est rencontrés à Djerba le mois dernier, j'avais perdu ton numéro, je sais pas où je l'ai fourré, mais je t'ai googlelisée et voilà, je t'ai retrouvée, tu te souviens de moi, tu es libre demain, on pourrait faire un tennis ?

Le court était entouré d'arbres, en bordure

de la forêt de Fontainebleau. Luc tapait comme un sourd, il frappait toutes ses balles à pleine puissance, que je sois une femme ne semblait pas l'effleurer. Ses parents habitaient une maison juste à côté, un ancien presbytère composé de plusieurs corps de bâtiments, Luc avait la clef de l'un d'eux, il y venait pendant que ses parents étaient en vacances, c'était une sorte de cuisine d'été, avec un lit au fond, une télé, un coin douche. Il a aussitôt allumé la radio, tourné le bouton pour la régler sur une émission spéciale Beatles. Des magazines people s'entassaient sur la table. — Tu es paparazzi, alors ? C'est pour Christophe Maé que tu étais à Djerba ? — Oui. Ça te dégoûte ? — Non. Simplement, je ne lis jamais ce genre de presse. — Évi-dem-ment. Toi, tu-ne-lis-que-*Le-Mon-de.* Et d'abord, on dit paparazzo, mademoiselle, c'est de l'italien masculin singulier — très masculin, très singulier, a-t-il dit en se frappant comiquement la poitrine. — Mais on le met toujours au pluriel. Les paparazzis sont toujours en... — En meute, c'est ce que tu allais dire ? Eh bien, pas moi. Moi, je suis souvent tout seul. Enfin..., j'ai des indics. Et parfois, quand je suis à découvert, j'ai besoin d'un allié matériel, comme mon appareil à viseur latéral : je fais semblant de cadrer droit devant, et je shoote à gauche, on n'y voit que du feu. Il a ri. — Très élégant ! ai-je coupé, je revoyais Agnès posant sur sa barque. — Pourquoi ? Au fait, à Djerba, tu m'as bien aidé : tu te souviens quand je t'ai demandé de nous filmer,

Agnès et moi, dans la boîte ? Eh bien, en dansant, je me positionnais de sorte que tu attrapes Maé et sa copine en arrière-plan, qui se bécotaient. Une touriste filmant ses amis, quoi de plus anodin ? Je te dois de l'argent, finalement, *partner* ! Il a joint ses mains au-dessus de sa tête, s'est étiré avec grâce. La série m'a rapporté dix mille euros ! a-t-il ajouté. Plus cinq jours de vacances. Plus la rencontre avec toi. Puis, aussitôt : Tu sais faire les massages ? J'ai très mal au dos, tu m'as tué.

Je me suis approchée de la chaise où il était assis, j'étais debout derrière lui, il s'est mis torse nu, j'ai posé mes mains de chaque côté de son cou, il a renversé la tête en arrière, tu veux bien de moi ? a-t-il dit.

Son visage à l'envers, humble et beau, ses yeux en bas comme une bouche affamée, en haut sa bouche aveugle qui tâtonne. Nos dents s'entrechoquent.

Il se lève, il contourne la chaise. Me voici à la piscine avec ma sœur, j'ai treize ans, je regarde les garçons, les hommes, je les cadre ainsi, des épaules à la taille, la chaleur me monte aux cheveux, le tournis pas loin de l'insolation. On se déshabille à toute allure, bonnets par-dessus les moulins, on arrache, on balance nos chaussures comme si quelqu'un allait se noyer, on est beaux, on est courageux, on est prêts à risquer notre peau, on se jette à l'eau.

Apnée sous le pont de nos corps, sueur sel de l'instant, buisson de corail, hésitation d'hippocampe, dette d'oxygène, dangereuse euphorie, ivresse des profondeurs, *we are NOT in a yellow submarine*, sauvetage urgent, refaire surface. Tu n'as pas de préservatif ? — Non, pas sous la main. Pourquoi ? Tu fais attention ? — Oui. Pas toi ? — Tu peux encore avoir des enfants ? — Non, je ne crois pas. C'est plutôt aux maladies que… — Tu es sûre ? — Sûre de quoi ? — Que tu ne peux plus avoir d'enfants, tu es sûre ? — Je ne sais pas, je crois que non. — Tu as toujours tes règles ? — Oui, mais… — Alors il n'y a pas de raison. T'aimerais pas avoir un enfant ? — J'ai déjà une fille, et j'ai… — Un autre enfant, alors ? Avec moi. Je suis clean. Et je t'aime, tu sais, je t'aime vraiment. Allez, je t'en prie. S'il te plaît. S'il-te-plaît.

S'il me plaît ?
What do you think ?

Ce que je voudrais, ce que j'aurais voulu, c'est retrouver l'image exacte, le moment que tout le monde veut voir, on a beau dire, et l'écrire là. Être en mots ce qu'il est dans la vie : un paparazzo. Photographier le réel avec le langage, m'embusquer dans le passé comme lui dans le présent, voler à la mémoire ce qui tombe sinon dans l'oubli et m'emparer de la scène, en donner un instantané. Comment la restituer dans ce qu'elle a d'unique, la rendre unique, comment la cadrer sans la limiter, l'éclairer sans l'effacer, l'exposer sans la sacrifier — comment laisser à la banalité son éternité, au cliché sa beauté, comment braver le préjugé, retrouver l'enfance de l'art et la séduction du dérisoire, capturer le désir papillon sans lui ôter la couleur des ailes, son côté tombé du ciel ?

Malheureusement, au matin il fallait partir, Luc avait un avion pour Bastia à 15 heures — un copain qui avait loué un gîte avec sa femme et ses enfants, impossible de m'emmener, c'était trop petit et ils n'étaient pas prévenus, et de toute façon trouver une place pour la Corse en cette saison, et au dernier moment en plus — il m'a enlacée, on va donc faire un petit break d'entrée de jeu, mon amour. Mais ce sera pour mieux se retrouver. Encore un petit coup vite fait ? a-t-il enchaîné en m'entraînant sur le lit. Pour la route… – Je t'aime, disait-il, je t'aime, et toi ? Espèce de carpe, disait-il, sale petite huître, dis-le, si tu m'aimes, dis-le, quoi ! Ensuite on s'est dépêchés, j'avais juste le temps de me passer un peu de dentifrice sur les dents avec l'index, au-dessus du lavabo le miroir de l'armoire à pharmacie m'a dérobé mon visage radieux, quel soleil, quel oubli, quelle joie, révélant deux boîtes de préservatifs nature et fantaisie, goût framboise, chocolat, nervurés, chauffants, l'une intacte, l'autre entamée, dont gisaient deux items, guère desséchés, dans la poubelle où je jetais maintenant mon coton, tandis que la glace récupérait en profil perdu mon regard qui ne l'était pas moins.

Bon.

Il n'y avait pas de siège passager à l'avant, car Luc rangeait dans l'espace libre tout son matériel. J'ai essayé le zoom, c'est un objet très lourd auquel l'idée du sexe se rattache aussitôt, réflexe, il rend mystérieuse la feuille sur l'arbre, érotique l'araignée, fais attention, m'a dit Luc, c'est pour les hommes, les choses sont loin mais elles sont à vous, à cette distance tout devient proie facile, j'ai regardé, voir me grisait, ce n'est pas jouir qui m'enivre, c'est m'approcher, je tenais la forêt entière en mon pouvoir, une vraie machine à désir, c'est pour les hommes, je te dis.

C'est dans cette voiture lancée à 180 kilomètres-heure sur l'autoroute A6 que j'ai aperçu Ruel, un instant plus tard. Depuis la veille, elle avait observé la discrétion de circonstance au début d'une histoire nouvelle, mais je n'ai pas été autrement surprise de la voir rappliquer dans le rétroviseur, elle avait déjà du grain à moudre. Elle était assise à la place du mort — on ne se refait pas — à côté d'un type à nœud papillon que Luc était en train de doubler par la droite en pompant sur le klaxon comme s'il allait à notre mariage. J'ai croisé ses yeux sans avoir vraiment le temps de les lire, tandis que Luc se rabattait en queue de poisson devant la Mercedes et décélérait, se traînant maintenant à 70 kilomètres-heure sur la voie rapide, mitraillé par des dizaines d'appels de phares, « tous ces flashs rien que pour toi ma princesse », a-t-il dit en attrapant ma main qu'il a posée sur son cœur, je voyais d'ici ce que Ruel allait penser de tout ça — j'étais la seule, évidemment, vu que Ruel est invisible. Un peu plus loin, à l'entrée de Paris, il y a eu un bouchon, Luc en a profité pour se rouler un joint, il voulait que je le dépose à Orly et que je garde sa voiture, il voulait m'emmener chez lui et que j'y habite pendant son absence, embrasse-moi, il voulait changer son billet d'avion, partir le lendemain pour passer encore une nuit avec moi, il voulait, son portable a sonné, *hey you bastard, how are you asshole*, qu'est-ce que tu branles, connard, enculé de mes deux, non j'y suis plus, je vais en Corse, oui salut, *fuck you*, c'était son frère, ils étaient trois frères, on s'entend très bien, a-t-il dit. Il m'a passé le joint, a composé un numéro, oui bonjour maître, Luc Markovitch, je vous ai laissé un message, vous l'avez eu ? Oui. Non. C'est-à-dire, si. Non. En fait, il n'y a jamais eu de procédure de divorce, c'est justement pour ça que je vous appelle, je voudrais divorcer. Oui. Non. En fait, c'est compliqué : je ne me souviens plus du nom de la, du nom de ma, enfin j'ai oublié son nom, il faudrait que je retrouve l'acte de mariage, mais si mes souvenirs sont bons, c'est un nom genre Brown ou Johnson. Pardon ? Ça ne facilite pas les choses ? Oui, c'est certain. OK. Merci maître. Il m'a repris le joint, c'est de quelle origine, Markovitch ? ai-je dit, tu es marié ? n'ai-je pas dit. C'est russe. Mon père est russe — mi-russe, mi-polonais. Il est arrivé en France comme un pauvre petit gars, et il a mis le grappin sur une jolie Française de la bourgeoisie, fille d'un écrivain célèbre. Il lui a fait trois fils, et puis basta ! Il n'est pas souvent là, mais il reste accroché au magot... Luc s'est penché vers la radio, a monté le son, celle-là je l'adore, je l'écoutais tout le temps aux States. — Tu as vécu aux États-Unis ? ai-je crié. — Oui. Dix ans. Je suis rentré l'année dernière. — Pourquoi ? Il a hésité. — Parce que... mille raisons. Je me sentais exploité, je faisais les meilleurs shoots d'Hollywood pour à peine 1 000 dollars par mois, j'en ai eu marre. Mais il n'y a pas de jour où je n'aie envie d'y retourner. — Pourquoi ne le fais-tu pas ? Je farfouillais en même temps dans mon sac posé parmi les signes poisseux de sa nostalgie, barquettes de frites McDo, canettes de Coca-Cola, emballages KFC. — Eh bien, en fait..., je ne peux pas : j'ai été expulsé. — Tu n'avais pas de papiers ? — Non, j'entrais, je ressortais, je passais entre les gouttes avec des visas de trois mois. Je me suis même marié là-bas pour avoir la Green Card, mais ça n'a pas marché. Et finalement, je me suis battu avec un autre pap, ils m'ont mis deux mois en prison, puis dans l'avion. — Jusqu'à quand ? — Théoriquement pour cinq ans. Mais en réalité, pour toujours, je crois : ils ne me lâcheront plus. Sa voix s'était cassée, *pour toujours* fait parfois cet effet-là.

Nous étions complètement arrêtés, les autres files avançaient centimètre par centimètre, si bien qu'à un moment la Mercedes est revenue à notre hauteur, le nœud pap avait ouvert la fenêtre pour fumer un cigare, il écoutait en sourdine, yeux mi-clos, la *Cinquième Symphonie* de Chostakovitch dirigée par Leonard Bernstein, Tokyo, 2 juillet 1979, c'était beau mais le chef avait du mal à canaliser le *flow* qui arrivait du côté des violons par la vitre baissée, mais qu'est-ce, mais qu'est-ce, mais qu'est-ce qu'on attend pour ne plus suivre les règles du jeu, Luc battait la mesure de son pied nu posé sur le tableau de bord et me faisait des baisers au bout des doigts, Joey Starr montrait ses dents en or à la ronde, Zénith, 24 janvier 1992, mais qu'est-ce, mais qu'est-ce qu'on attend pour foutre le feu, Ruel traitait toutes ces données en temps réel.

Il faut que je vous dise quelques mots de Ruel, sinon vous n'allez rien comprendre. Ruel et moi, vous l'aurez deviné, formons un couple. Nous sommes nées ensemble, nous mourrons ensemble — encore est-ce une façon de parler, car Ruel est déjà morte. Il y a longtemps, nous étions une, puis un événement, ou peut-être la répétition d'un événement, a annihilé ses forces vives, a détruit son désir, ses sens, son espérance, tandis que je continuais, par ma forme charnelle, à tout éprouver du monde : elle est morte en moi sans dire ouf, personne n'a rien vu, il n'y avait d'ailleurs rien à voir, à peine une ombre dans mes yeux que je tenais fermés. Ruel n'a donc plus d'apparence commune, elle a rejoint la théorie des spectres qui trafiquent ici et là-bas, et qu'on appelle aussi des fantômes, ou des revenants. Des revenants, oui, le mot est plus juste,

Ruel est revenante, elle revient régulièrement, souvent je m'y attends, je la connais bien. C'est une espèce de jumelle intime, si vous voulez, qui, à la date ancienne où notre division s'est produite, m'a laissé toutes les émotions, tous les mouvements que vivre imprime au corps, la joie, le chagrin, le jouir, le deuil, faisant sienne quant à elle jusqu'à en épouser les contours l'intelligence que nous avions en partage — une intelligence pure, née pour le dépliage et la dissection, un rayon laser qui se rit des murs et de l'amour, qui traverse tout, que tout traverse. Ruel est comme quelqu'un qui entrerait dans une pièce noire en portant une lampe, mais on voit seulement la lumière, jamais la main, elle éclaire sans détourner l'attention de la clarté. C'est du vif-argent qui réfléchit sans bord ni cadre, mais agile et prudent, sage et image, un phénix qui renaît de toutes mes cendres. Elle se trompe rarement, me détrompe souvent. Plus qu'un fantôme, un revenant, un spectre, Ruel est donc très exactement un esprit — mon esprit, *my spirit.* Bon, elle ne s'amène pas quand on l'invoque les doigts en canard autour d'un guéridon, je ne la fais pas sortir d'une lampe à bec en frottant son flanc rond, je n'ai pas dit que c'était un génie, non plus. Elle n'exauce pas mes désirs, je m'en serais rendu compte. Pour autant, Ruel n'est pas dépourvue d'une espèce de fonction protectrice, elle n'est pas de ces esprits mauvais qui vous gâtent la vie sous prétexte qu'ils n'en ont plus. Elle pourrait même prétendre au titre d'ange gardien si elle n'était aussi distante, aussi altière ; je me rappelle souvent, à son propos, cette phrase de Giraudoux dans une tirade que nous apprenions à l'école : « Le privilège des grands, c'est de voir les catastrophes d'une terrasse. » Ruel m'apparaît ainsi, même lorsque ses avatars ont l'air quelconques. Elle envisage les choses de haut, elle a de la hauteur — une élévation qui se distingue toutefois du mépris et de l'indifférence. Simplement, elle n'a aucune compassion, son éventuelle sollicitude est pragmatique, la raison d'État, les forces en présence, les sacrifices à consentir, elle connaît tout ça mieux que la poche d'un linceul, elle aurait fait un bon chef de guerre, si on l'avait aidée. Cependant, elle m'est très attachée, je ne dis pas le contraire, elle m'a rarement fait défaut. Je l'envoie en éclaireur dans les désastres quand moi je ne peux pas, elle est mon écu, mon armure. Elle a des armes adaptées aux circonstances, l'humour dans l'amour, l'ironie dans la rupture, l'analyse dans la confusion, la stratégie dans la guerre, la méditation dans le deuil, le savoir dans le noir. Elle monte au créneau sans un émoi, sans un remous intime, elle est mon pilote automatique quand je n'assure plus en commande manuelle, le servofrein de mes déroutes, elle est le rideau de fer qui tombe d'un bloc devant la porte en cas d'agression, elle est ma vigie, ma sentinelle, mon garde du corps — oui, on peut dire ça aussi : elle garde mon corps. Quand j'ai perdu Philippe, par exemple, elle a interrogé le médecin calmement, elle a écouté les témoignages, entendu les explications, soupesé les contradictions, elle a lu le dossier d'expertise et, jusqu'au bout, le rapport d'autopsie, le poids du cœur, la couleur des viscères, les causes de la mort, tandis qu'à quelques minutes de là j'étais repliée sur mon lit, cri de bête, ou que je marchais dans la rue sans pouvoir penser. Ruel m'a empêchée de mourir, comme une fée penchée sur mon berceau à moi, car moi aussi j'étais petite, je venais de naître à une douleur inconnue, elle était là, elle me collait aux basques, me matraquait du Flaubert qu'elle avait dégoté en urgence et me psalmodiait sans relâche, veilleuse tenace, fantôme spécial dont la carcasse est toujours vivante, *à force de dire « cela est, cela est, cela est » et de contempler le trou noir, on se calme.* Ruel rappelle aussi ces sosies que les stars envoient dans le monde pour faire croire que tout va bien quand elles sont en cure de désintoxication, c'est ce qu'elle a été quelquefois, mon sosie, mon double social, ma marionnette pour la galerie, elle fait ça parfaitement, des cours, des conférences, des rencontres-débats quand je suis finie, elle s'en acquitte à merveille et m'a ainsi donné la réputation d'être toujours d'humeur égale et d'esprit clair quand j'ai le cœur le plus niqué de tout Paname, ma mère doit avoir un sosie aussi, la même sorte de jumelle secrète, je l'ai vue le soir où Philippe est mort, ma mère était à côté de moi près du lit, son mari pleurait, ma sœur pleurait, Julien pleurait, elle non, elle n'était pas là, il y avait sa forme en manteau rouge, je le comprends maintenant, c'était sa part morte qui était là, c'était ma mère morte, celle qui n'éprouve rien et discute tranquillement du tarif des obsèques en comparant Leclerc et OGF, et souvent, depuis, nos deux fantômes taillent la bavette en notre présence, ça soulage tout le monde, et nous pouvons vaquer à nos chagrins respectifs, putain comment te dire que tout va bien quand tout va mal, « tu connais ? », m'a crié Luc dans l'oreille, « c'est Sinik, un rappeur français. Tu aimes ? », oui, j'aimais, je ne connaissais pas, mais je sentais monter direct en intraveineuse ce *flow* de putain de vague à l'âme. Ruel s'éloignait au fond du rétroviseur latéral, toutefois je pouvais encore lire dans son regard ; je n'y lisais aucun jugement — en tout cas, aucun jugement moral, dont elle est peu coutumière —, plutôt une interrogation réflexive empreinte de la culture que des esprits comme le mien accumulent au fil des ans, qu'est-ce que tu fais là ? demandait-elle (quand elle arrivait à croiser mes yeux, car je me balançais en rythme tout en caressant les cheveux de Luc), elle était en train d'établir sa fiche technique, je ne voulais pas voir ça, il y aurait de minutieuses mises à jour plus tard, on pouvait en être sûr, pour l'instant elle s'en tenait aux données objectives : Laurence R., alias Camille L., quarante-six ans, agrégée de l'Université, écrivain, prix Trucmuche pour *Carnet de bal*, officier des Arts et Lettres, à ma gauche,

Luc M., trente-cinq ou trente-six ans, paparazzo franco-russo-polonais, ex-taulard, interdit de séjour aux États-Unis, marié à une Américaine dont il ne connaît pas le patronyme, à ma droite, qu'est-ce que tu fais là ? répétait-elle (mais je n'écoutais pas), il n'est même pas si beau que ça, bien foutu, d'accord, tennisman, OK, mais dans un an il sera chauve, il a les dents qui avancent, il roule comme un dingue, en plus, tu veux mourir ou quoi ? (non que Ruel ait peur de la mort, et pour cause, mais elle est attachée à certains projets intellectuels qu'elle compte faire aboutir), je sais bien, continuait-elle finement, je sais bien qu'on peut avoir son plus grand amour pour quelqu'un qui n'est pas son genre, simplement il y a des limites, il y a des conditions, d'ailleurs tu viens d'écrire un article où tu dénonces le vol de tes phrases, le rapt de ton âme, et te voilà avec un type dont le métier est de voler l'image des autres, quelle ambivalence, est-ce bien logique, est-ce bien le moment, que cherches-tu, le temps perdu ? La difficulté ? L'impossible ? — ou alors… ou alors tu devines en lui Le Personnage, tu flaires le sujet idéal, l'idée originale, tu veux prendre tout le monde à rebrousse-poil ? Non ? Avoue ! Avoue ! On le voit, quand Ruel, exceptionnellement, descend de sa terrasse, elle ne dédaigne pas les arguments du pékin moyen, le banal coup de pied dans les tibias, c'est de la provocation à la petite semaine, elle n'est pas très bonne sur ce terrain. Luc a monté le son et passé la cinquième, la voiture s'est arrachée au flux dense de la route, regarde ta jeunesse, y en a marre des promesses, on va tout foutre en l'air, je croyais que tu n'aimais que Jean-Sébastien Bach, a encore lancé Ruel, puis elle a disparu dans le *flow*, elle aussi.

Porte d'Orléans, j'ai fait remarquer à Luc, le nez dans sa nuque, qu'il était 14 heures, pour un avion à 15 heures c'était juste, ne devait-il pas passer d'abord chez lui prendre ses bagages ? Il a ri, pas le temps, en effet, il habitait dans le nord de Paris, mais il avait l'essentiel avec lui, sa raquette et un tee-shirt de rechange, je vais te laisser au métro, ma petite chérite, a-t-il dit. On s'appelle, on s'oublie pas. Embrasse-moi. Je suis sortie de la voiture, en haut des marches je lui ai envoyé un baiser auquel il a répondu, puis je suis descendue dans le métro — cette peur portée d'un pied léger, cette légèreté grevée de peur, je voyais bien ce que c'était.

Tu m'as regardée descendre, disparaître. Tu as ramassé un reste de hamburger qui traînait dans un carton, tu avais faim. Puis tu as repris le périph, tout en tenant le volant d'un doigt tu as pianoté sur ton téléphone, tu avais cinq messages du même numéro, dont tu avais bloqué l'accès la veille, tu l'as rappelé, *hello you, did you already pack ?* tu as changé de station, tu as mis *Nostalgie*, comment ne pas perdre la tête, serrée par des bras audacieux, et tu es rentré chez toi.

Comme Luc était parti en Corse, je suis allée rejoindre ma sœur dans le Puy-de-Dôme. Une grande partie de ma famille maternelle a gardé une maison de vacances à La Chaux, village natal de mon grand-père, j'y ai passé tous mes étés d'enfance. Chaque année, la tradition réunit tout le monde le jour du 15 août, on mange, on boit, on fait cousin-cousine, on parle de tout et de rien — surtout de rien. Le soir, on va au bal, on valse, on a un tournis de bonheur au son de l'accordéon, car on croit toujours aux doux mots d'amour quand ils sont dits avec les yeux, on s'effondre en nage sur un banc, et comment vont les amours ? m'a dit ma sœur. Je lui laisse encore deux jours pour m'appeler, et je te réponds : mal, ai-je dit.

C'est Georges qui a appelé le lendemain. Je lui avais envoyé une copie de mon article, la revue ne devant paraître qu'en septembre ; je pensais qu'il comprendrait mieux mon point de vue, l'importance que revêtait pour moi cette histoire qu'il traitait si négligemment. J'ai dit Allô, rien d'autre jusqu'à la fin de la communication — de l'excommunication : il a vociféré pendant cinq minutes — mon texte était ignoble, mes arguments inacceptables, je n'avais pas à rendre publique mon opinion sur un auteur de la maison, je n'en faisais donc plus partie, il me libérait de toutes mes obligations —, je, ai-je dit, il a raccroché. J'étais sortie de la maison avec mon portable et, pour mieux capter le réseau, souvent capricieux dans cette moyenne montagne, j'étais montée sur un gros rocher qui surplombe le village, où je me suis assise des centaines de fois, enfant : le paysage de prés et d'arbres est comme une mer sur laquelle la pensée vague, et la rêverie. Je me souviens être restée debout dessus, en équilibre instable, à me répéter, surprise : « libérée de toutes mes obligations » — je n'avais aucun contrat en cours avec mon éditeur, aucun droit de suite, aucune dette, à quoi avais-je donc été obligée sans le savoir, toutes ces années ? À la reconnaissance, à l'admiration, à la dévotion ? Au silence ? N'avait-il, lui, aucune obligation à mon égard ? De la rosée perlait sur la carcasse rouillée d'une vieille Peugeot envahie d'orties, un insecte se déplaçait à petits pas sur la corde à linge. Le soleil brillait sans chaleur. Du haut de mon rocher, je voyais en contrebas le muret du potager où mon, c'était le frère de mon grand-père, j'avais neuf ou dix ans, je ne sais plus, en tout cas mon grand-père était déjà mort parce que, de son vivant, personne n'aurait osé, ce qui est sûr aussi, c'est que j'étais petite — « Tu n'as pas encore de poils », avait-il remarqué —, chaque jour il me demandait de l'attendre devant le potager où il jardinait, je restais là sans oser désobéir, souriant de peur de le fâcher, jusqu'à ce qu'il vienne. J'avais fini par tout raconter à ma grand-mère, elle m'avait fait baisser la voix — « surtout, ne le répète jamais ! Tu m'entends ? Jamais » —, j'avais mis trente ans à l'écrire, et encore, quelques lignes au détour d'un chapitre, un cavalier maudit dans mon carnet de bal, c'était en souvenir de cette scène que Georges m'avait demandé de faire la voix off de son film, j'en étais certaine, et non, comme il me l'avait dit, parce qu'il aimait ma voix, simplement, mais je me trompais peut-être.

Je suis revenue vers la maison, depuis combien de temps Georges était-il mon éditeur ? « L'appel du 17 juin » remontait à des années, quand il m'avait téléphoné, un dimanche, pour me dire qu'il avait lu mon manuscrit et qu'il l'aimait, j'avais du mal à calculer. J'ai fini par me rappeler : 17 juin 1990 - 16 août 2007. À l'instant où je l'écris, la tombe surgit, les livres en plâtre qu'il y a dessus dans les cimetières, ces bibliothèques en stuc, décor bourgeois de la mort, pages creuses qu'on a cru écrire et qui sont blanches, quand vivre est un livre qu'on n'a pas fini, et que mourir nous est tombé des mains, toc.

Ma sœur et ma nièce étaient dans la cuisine. Je n'ai plus d'éditeur, ai-je dit en m'asseyant à la table où elles épluchaient des courgettes. Le soleil joue dans les attrape-mouches, je suis assise sur cette même chaise bleue, un matin d'été, en short, jambes ballantes, mon grand-père est mort l'année précédente, la photo du jour où il a marqué contre les All Blacks est accrochée au mur, avec le temps elle a viré sépia, il porte un polo blanc qui épouse son torse découpé en V, il court, talonné par Népia, échappe de peu au plaquage et écrase le ballon derrière la ligne, on voit Churchill bras levés dans la tribune d'honneur du stade de Colombes, la photo saisit ce mouvement arrêté, sa vigueur saute aux yeux, et pour la première fois je comprends physiquement sa disparition, son absence définitive à la table où il fumait gitane sur gitane, le médecin l'avait prévenu mais il a continué à mort, ma grand-mère est là dans son peignoir à fleurs, elle épluche tranquillement des courgettes, « tu m'as laissée tomber, dis-je muettement à la photo, tu aurais pu faire attention, penser à moi, mais non, tu m'as plaquée, pour ça t'es le champion, tu n'avais que soixante et un ans et moi huit, où est mon abri maintenant, qu'est-ce que je vais devenir sans toi ? » Comment ça, tu n'as plus d'éditeur ? a demandé ma sœur. Je lui ai raconté brièvement, ça va sûrement s'arranger, a-t-elle dit. Mon portable a sonné, c'était Luc.

Qu'est-ce que je devenais, quand est-ce qu'on se voyait ? Tu tenais le téléphone collé à ton oreille, de ta main libre tu faisais de grands signes à Birgit Madsen, une Viennoise canon qui s'engageait à l'instant sur la passerelle d'un Boeing Corsica, les ondes de chaleur la floutaient comme une photo ratée, tu lui avais fait jurer de revenir et tu craignais qu'elle tienne sa promesse, je serai demain à Paris, m'as-tu dit. Et toi ? je t'ai répondu que moi aussi j'avais très envie de te voir, mais que je restais encore deux jours à La Chaux, alors on s'est dit salut, à bientôt, et tu as envoyé un sms à cette infirmière de Meudon qui avait couché avec ton frère au début de l'été, il t'avait assuré que tu pouvais y aller, qu'elle était bonne, avec un peu de chance elle n'était pas en vacances.

Je suis rentrée à nouveau dans la maison, ah ça va déjà mieux, a constaté ma sœur, j'ai ri, oui ça allait beaucoup mieux : par ce principe des vases communicants que j'avais souvent observé dans ma vie, je n'avais plus d'éditeur, mais j'avais un amoureux. Et plutôt mordu, si j'en jugeais par la distance revenue intacte dans sa voix, son détachement affecté. Qu'il marine un peu ne pouvait pas faire de mal.

J'avais apporté le CD-Rom du film de Georges dans l'intention de le montrer à ma nièce Héloïse, qui venait d'intégrer une école de cinéma, mais j'ai préféré le regarder seule. Je l'avais déjà vu deux fois lors de projections privées organisées pour les auteurs de la maison, à la fin le public était pétrifié, personne ne s'attendait à une confession aussi nue de la part d'un éditeur si discret : Georges y révélait sans le détour de la fiction un secret d'enfance dont il avait été victime, et le silence assassin qui, pendant des années, avait ligoté sa vie. Lors du cocktail qui avait suivi, le malaise était palpable — cette gêne immense à quoi s'expose l'impudeur —, mais l'amitié ou la mondanité avaient rempli leur office. Beaucoup de gens m'avaient félicitée pour le texte, persuadés qu'il était de moi. J'ai seulement prêté ma voix, répondais-je — mais peut-être Georges l'avait-il écrit en pensant à moi, respectant mon phrasé parce qu'il savait déjà que j'en serais la lectrice. « C'est étrange que tu joues sa mère, avait commenté Gaspard V., que les homonymes passionnaient, très étrange… Parce que vous avez le même nom de famille, Georges et toi. Ça fait quoi d'être la mère de son éditeur ? Surtout cette mère-là, qui l'a battu, abandonné. Il aurait pu demander à une comédienne. Pourquoi as-tu accepté ? » J'avais esquivé, mais ses paroles avaient fait glisser tout un pan de la réalité, et le visage impassible de mon interlocuteur, pythie, avait éveillé des questions et des doutes. Avais-je eu raison de collaborer à ce film ? Était-ce ma place, au fond ? Cette voix que je prêtais à sa mère disparue — ma voix — ne me vouait-elle pas, lestée d'un nom pareil au sien, à incarner désormais pour Georges, dans les souterrains confus de l'âme, la mauvaise mère, le fantôme homonyme, la femme à fuir ? La séance d'enregistrement m'avait bouleversée, j'étais touchée qu'il m'ait choisie pour ce rôle à la fois mineur et écrasant, mais je me demandais maintenant, sans me le formuler nettement, si celui-ci n'allait pas me reléguer pour toujours à l'endroit exact où il me plaçait : off.

Georges était arrivé chez moi un matin, on s'était installés dans la chambre d'Alice parce que c'était la pièce la plus calme, quelqu'un lui avait prêté un magnétophone russe qui devait dater du KGB, donc très fiable, avait-il dit en riant, très discret, très peu de bruit de fond. Il m'avait tendu une feuille, et, pendant qu'il installait son matériel, je l'avais lue plusieurs fois en silence, assise sur le lit de ma fille, au milieu des peluches. C'était un texte d'une violence sourde, dépouillée, qui avait suscité en moi aussitôt angoisse et compassion. Je ne l'avais pas seulement lu, je l'avais écouté, je l'avais entendu, comme il me semblait qu'il avait lu, écouté et entendu tous mes livres, depuis dix-sept ans. J'avais aimé lui donner voix, l'articuler à ma propre mémoire, surtout la fin, quand la mère dit : *Il n'y a pas eu de scandale, personne n'en a jamais reparlé, ce n'était pas si grave. Le silence a tout recouvert.* Nous n'avions fait qu'une prise, nous savions tous les deux que ça suffisait, que c'était ça. On s'était dit merci, il était parti très vite, tendu, heureux ? je n'osais pas le regarder. J'étais retournée à la fenêtre d'Alice. Tout cela avait eu lieu quelques semaines plus tôt. Comment pouvait-il maintenant me priver de toute parole, m'empêcher de parler, me congédier comme une domestique indiscrète ? Est-ce que j'avais rêvé ? Est-ce qu'on ne s'entendait pas ? Fallait-il encore se taire ?

J'ai revu Luc à mon retour de La Chaux. Il est venu me chercher en voiture pour m'emmener à Fontainebleau, c'est quoi ton adresse, déjà ? Avant de partir on a fait l'amour chez moi, divine créature je t'aime, puis, aussitôt après, sautant sur ses pieds, allez, on y va ! Il conduisait très vite, freinait au dernier moment, téléphonait en même temps à des amis qu'il invitait à nous rejoindre, on ferait un double. « Tu sais pourquoi mon ex-mari m'a épousée ? » ai-je dit négligemment, yeux béants sur le tombeau ouvert de la route. « Eh bien, la première fois qu'on est partis ensemble en week-end, il avait un petit roadster Triumph, il bombait comme un malade, et moi ? je me suis endormie ! Ça l'a conquis. » Luc a encore accéléré — Cary Grant s'est reflété un instant dans le pare-brise, sourire mauvais, terrorisant Joan Fontaine dans les virages en haut de la falaise —, les hommes apprennent la mort aux femmes, elles ne veulent pas le savoir : de cet éternel bras de fer une nouvelle partie venait de s'engager, autant fermer les yeux.

La soirée a été gaie. Après le tennis, Luc a jeté dans une poêle tout ce qui lui tombait sous la main, c'était très bon. Pierre et Will étaient ce que ma fille appellerait des paumés de la life, des abonnés du mazout, à trente-neuf ans l'un n'avait jamais quitté sa mère, l'autre squattait chez un pote après s'être fait virer par sa femme, tous deux vivotaient au noir et du RMI. Une canette de bière à la main, Luc et eux ne cessaient pas de s'envoyer des vannes, les coudes sur la table, j'assistais à un match de base-ball verbal, balle de mots, batte de phrases, course de plaisanteries dont mon rire était le trophée, Will et moi, disait Luc, quand on était à l'internat, on a eu à se partager un colis : il y avait un gros pénis et une excellente mémoire, mais je me souviens plus de ce que j'ai choisi. Les filles disent que je suis un mauvais coup, répliquait Will, mais comment elles peuvent savoir, en deux minutes ? La radio était à fond dans un coin de la pièce, le joint tournait, le vin rougeoyait à la lueur des briquets, je demandais à Will pourquoi sa femme l'avait largué, oh tu sais, disait-il, le mariage est la première cause de divorce chez les couples, je riais, je riais, Luc m'invitait à danser, nous dérivions lentement dans la fumée, il me serrait dans ses bras, caressait mes cheveux, j'avais seize ans — et alors ? rétorquais-je à Ruel qui pourtant ne pipait mot.

Tout d'un coup, Luc s'est crispé : une voiture passait dans la cour, le gravillon crissait rageusement, des phares figeaient nos visages. Il est allé voir sur le pas de la porte, ses yeux ont scruté le noir comme un hunier, c'est mon père, a-t-il dit, il arrive de Moscou. Tout le monde se taisait, Pierre et Will n'avaient pas l'air tranquilles, ils se sont levés, sont sortis reprendre leur vélo. Assez loin de là, une lumière s'était allumée dans la maison, j'ai regardé, y avait-il des bottes de sept lieues sur le seuil ? Il ne viendra pas ici, tu peux rester, a dit Luc sèchement à mon adresse — je ne voyais pas comment j'aurais pu m'en aller, de toute façon. Il a déplié le canapé-lit, y a jeté une couverture sur laquelle il s'est allongé mains sous la nuque après avoir allumé la télévision. On interviewait longuement une chanteuse française, elle indiquait qu'elle n'avait jamais lu un livre en entier. Pourquoi ? Parce qu'elle n'avait jamais eu le temps. Je me suis étendue à côté de Luc, il s'est poussé à contrecœur, les yeux toujours rivés à l'écran, je n'avais qu'un petit bout de couverture et le soir était froid, tu ne vas pas dire bonjour à ton père ? ai-je demandé, il a monté le son, la chanteuse serrait le poing, de toute façon la vie n'est pas dans les livres, mais là — elle se tapait sur le cœur, le public applaudissait. Dans la nuit, je me suis relevée pour fermer la fenêtre et éteindre la lumière au-dessus de l'évier, un quart d'heure après il est allé inverser les deux opérations, il te faut ta petite veilleuse, comme aux bébés ? lui ai-je dit en me collant à lui, il s'est retourné vers le mur en maugréant, il n'avait plus qu'à se mettre à ronfler et le tableau serait complet. Cinq minutes plus tard le tableau était complet, ombres inconnues, branches qui tapent le bord du toit, peurs enfantines aux bruits d'insectes, solitude aux pieds glacés, battements du cœur inutile, souffle ventru de l'ogre dont la voix précède les dents — j'étais contente qu'il y ait de la lumière, finalement.

Le matin, il pleuvait. Café, cigarette. Gueule de bois, gueule tout court. Qu'avais-je dit ? Qu'avais-je fait ? Bref conciliabule avec Ruel : la soirée avait basculé quand le père était arrivé (ce qu'il y a de bien avec les déjantés, a-t-elle souligné, c'est que la séduction ne s'éternise pas, on entre tout de suite dans le nœud de la pathologie). — Ton père est là, donc ? — Quelle intuition ! Ça t'intéresse ? Tu veux voir la bête ? — Euh, non. Enfin, si. Vu l'effet qu'il te fait, ça doit être quelque chose... — Quelqu'un, a-t-il rectifié : c'est quelqu'un. Il est ingénieur... et un génie, enfin il paraît… — Ah bon ? — Il a inventé un système de dalle écologique, qui permet d'insonoriser les habitations tout en préservant l'environnement, c'est très fort ; le seul truc c'est qu'il n'arrive pas à la commercialiser parce que c'est aussi très cher et très compliqué à utiliser sur de grandes surfaces. Bref c'est génial mais personne n'en veut ! Alors il dépense des fortunes à essayer de mettre au point son invention, il finance des chercheurs en Russie, en Pologne, en France, des gars qui l'aident à claquer le fric de maman ! Il a soixante-dix ans et il se rêve toujours en sauveur de l'humanité ! — Et tu t'entends bien avec lui ? — Pfff ! Je suis un minable, pour lui. On est tous des merdes, nous ses trois fils. Moi je n'ai que mon bac, et encore, en trichant : en maths j'avais des antisèches dans mon slip. Il nous méprise, surtout moi parce que j'ai fait plein de conneries, il ne s'est jamais occupé de nous. Il dégrafait sa ceinture deux ou trois fois par an pour nous corriger quand maman ne savait plus quoi faire et qu'il se trouvait là, c'est tout… Dans son genre, lui aussi est un sacré loser. Mais je vois que ça t'intéresse : le grantécrivain flaire le vent. Allez, d'accord, tiens, je vais te présenter mon papa. Mon papa, a-t-il répété en chantonnant. Mon papa.

Il est parti « préparer le terrain », puis m'a emmenée jusqu'à « l'atelier », il avait trouvé « un prétexte ». Il a frappé, a ouvert la porte avec précaution : « Je te présente Camille, une copine, elle aurait besoin de consulter sa messagerie sur ton ordinateur, trois minutes. » Son père était assis, de dos, carré, massif, dans un fauteuil au milieu de la pièce. Hon, a-t-il fait sans se retourner. Je me suis installée devant le clavier, Luc est ressorti aussitôt. Nous sommes restés ainsi cinq bonnes minutes, son père et moi, à aucun moment je n'ai vu son visage. J'ai lu mes messages puis je me suis levée, merci monsieur, excusez-moi de vous avoir dérangé. Il n'a pas répondu, seule sa tête a bougé à peine, hon. J'ai retraversé la cour détrempée. Luc était en train de laver nos tasses dans l'évier, je l'ai entouré de mes bras, tu ne penses qu'à ça, a-t-il dit en se dégageant, mon agence vient de m'appeler, il y aurait un coup à faire dans le coin, un tournage avec Travolta, je vais te cracher à la gare, t'es prête ?

Dans la voiture, je regardais par la vitre, ça allait donc finir ainsi — ma curiosité, lièvre aux aguets, regimbait à laisser ce conte sans dénouement —, j'allais me laisser jeter par cet homme sans connaître son histoire ? Et sans plus revoir son torse splendide ni caresser sa peau mate, ajoutait Ruel, qui de temps en temps s'amuse à inverser les rôles, personnellement ça ne la dérangeait pas qu'on l'oublie, elle avait d'autres chats à fouetter, Georges avait annoncé son intention de répondre dans *Le Monde* à ma critique de *Dolorosa*, il allait falloir rassembler ses forces, d'ailleurs l'été finissait, emportant les amours de plage.

— Tu te souviens de la boucherie Sanzot ? ai-je demandé tandis qu'il roulait vers la gare comme un type que rien n'arrête, et surtout pas les Stop.

— Dans *Tintin* ?

— Oui.

— Pourquoi ?

— Je ne sais pas. Je pensais aux blagues sur les noms de métiers, tu sais, les gens qui semblent avoir choisi leur métier à partir de leur nom : la marchande de lingerie qui s'appelle Bonnichon, le charcutier Jean Bon… J'ai même eu un médecin à Rouen qui s'appelait Guerry-Bobo !

Il a grimacé.

— Ouais. Et alors ?

— Alors, dans le même style, je me disais : paparazzi, c'est drôle, comme mot. Papa razzi. Ça fait penser à papa razzia, et quand je vois ton père, franchement, je trouve que ça colle bien, parce que après lui on dirait que l'herbe a du mal à pousser…

Son air maussade a disparu d'un coup, le rétroviseur m'a renvoyé sans réfléchir un sourire rayonnant, soudain nous avions changé de conte, et il préférait celui-là. Ma phrase, ma seule phrase avait opéré cette métamorphose, une vraie baguette magique, elle l'avait touché et pffft, changé en prince. Papa razzia, a-t-il dit, rêveur. La razzia de papa. Je n'y avais jamais pensé. Il s'est tu une minute. Ou bien, papa rassis — dur comme un vieux quignon. Ou papa zizi, aussi, a-t-il dit en faisant coulisser le zoom de son appareil posé à côté de lui. On a gloussé comme des petites filles. Il a ralenti. Je regardais son reflet heureux. Sa joie à rire des mots ramenait le désir.

À la gare de Fontainebleau, je me suis dirigée vers le guichet pour acheter un billet, non attends, j'y vais. Il est revenu avec deux tickets, qu'il m'a tendus : je t'en donne deux pour être sûr que tu reviendras. Il m'a attirée à lui, le front sur son épaule j'absorbais l'instant comme on se gorge de soleil, t'as le ticket, mon cœur, je suis montée dans le train l'esprit confus, je me suis retournée, j'ai fait un signe de la main, les portières se sont fermées, le train a démarré, il ne me lâchait pas du regard, avais-je déjà vu autant d'amour dans des yeux, autant de lumière, je ne me souvenais pas.

L'article de mon éditeur est paru le lendemain dans *Le Monde*. Je l'ai lu une fois, la poitrine broyée, puis j'ai laissé Ruel le relire. Il glosait sur mes arguments, les caricaturant avec d'autant plus d'aisance que la revue où mon papier devait paraître n'était pas encore sortie et que, par conséquent, personne ne pouvait s'y reporter. Le reniement était total, la mauvaise foi brutale. Dix-sept ans d'attention, de compréhension, de respect étaient rayés d'un trait, comme dans ces divorces où l'on se déchire en un vertige d'oubli, et où les amis sont sommés de prendre parti : les auteurs de sa maison, concluait-il, lui témoignaient un soutien unanime.

Ce n'était pas exact. Plusieurs écrivains de sa maison, certains parmi les plus anciens et les plus proches de lui, choqués par sa virulence injuste et le lynchage médiatique qu'il déclenchait, allaient bientôt m'écrire des lettres magnifiques. Elles suffiraient à me garder la tête hors de l'eau, même lorsque les *Inrockuptibles*, offensant à la fois le journalisme, la littérature et l'intelligence, écriraient que je reprochais à l'auteur de *Dolorosa* de ne pas avoir perdu d'enfant. Me serait alors vitale toute l'ironie hautaine de Ruel pour regarder sans faillir le théâtre du monde, son décor en trompe l'œil. Dans mon esprit, en effet, le fond de la querelle avait disparu sous la douleur de rompre avec un éditeur qui était l'un des piliers de ma vie, et dont je n'avais jamais douté.

Je restais chez moi, je ne lisais plus les journaux, je n'écoutais plus la radio, je m'éboulais. En un sens, quelque chose se répétait de ce que j'avais connu à la mort de Philippe — la sensation d'approcher très près d'une vérité décevante, d'une imposture universelle, les yeux qui s'ouvrent sur le vide. J'étais aspirée par le rien. Mais ma jumelle insensible, ferme comme le mât d'Ulysse, empêchait avec énergie que je ne me fracasse contre le réel.

Il a donc fallu réagir. N'ayant plus d'éditeur, je n'avais plus d'attachée de presse, ni aucun relais auprès des médias. J'ai rédigé une réponse, dans laquelle je faisais état, sans les nommer, du soutien fervent de plusieurs écrivains « de la maison », que choquait son oukase. Le soir même de sa parution dans *Le Monde*, Georges m'a envoyé un mail : « Camille, vos "plusieurs auteurs" m'ont bien fait rire. P., on ne peut pas dire qu'il soit vraiment un auteur de la maison, en exercice, je veux dire. B., j'ai dû lui refuser au moins deux livres, et il faudra que la réécriture du troisième soit convaincante — très convaincante. Quant au dernier, si c'est celui auquel je pense, il faudrait que vous vérifiiez vos convictions, elles ne me semblent pas si fermes que ça, si j'en juge par sa réaction à mon article auquel vous répondez si faiblement dans *Le Monde* d'aujourd'hui, réponse à laquelle je ne répondrai pas : je suis bien trop content de vous laisser le dernier mot. »

Les larmes me sont venues à la lecture de son message. Quinze ans plus tôt, assise à la terrasse d'un café avec un autre écrivain débutant, j'avais rédigé à son intention un petit mot disant : « Nous ne vous quitterons jamais. » Devant mon écran, je comprenais que c'était fini : je n'avais pas quitté Georges, non, je l'avais perdu ou, plus exactement, comme me l'avait écrit l'un de ses auteurs, j'avais perdu l'idée que j'avais de lui. Un inconnu signait ce message et torpillait mes illusions, usant de sa position pour tenter d'intimider des écrivains en menaçant de les censurer. Son mépris d'eux me terrassait d'autant plus qu'il se trompait sur l'identité des « traîtres », n'imaginant même pas que des auteurs plus prestigieux à ses yeux puissent me comprendre et me soutenir. Le jour suivant, j'ai rêvé du voyage que nous avions fait à Cuzco, Georges et moi, invités par l'Alliance française. Une main à plat sur la roche sacrée, nous effectuions à la queue leu leu des cercles lents et méditatifs dans une grotte à touristes vouée contradictoirement à la Lune et à l'agilité intellectuelle. « Je sens que ça vient », disait Georges avec gravité, et j'éclatais d'un rire heureux. Quand je me suis réveillée, la chambre était jonchée de journaux dépenaillés, j'avais rêvé, ce n'était pas le Pérou.

J'ai revu Luc en me disant que ce serait une parenthèse agréable dans le déchaînement médiatique qui s'amplifiait : il ne fréquentait pas du tout ce milieu, ne lisait guère que la presse people ou les gratuits, écoutait des radios musicales. — Alors, tu fais ta star ? m'a-t-il dit, à peine entré, d'un ton à mi-chemin de l'ironie et de l'admiration, tu veux changer d'imprésario ? — Ce n'est pas moi qui… Et comment le sais-tu, d'abord ? — Comment je le sais !? Mais parce qu'on ne parle que de ça partout ! Tu es une star ! Ma copine est une star, a-t-il clamé à la cantonade. Il ne m'a demandé aucune explication sur le fond de l'affaire, n'a pas ouvert *Philippe* qui était posé sur la table. La littérature et le show-biz ne constituaient pour lui qu'un seul monde, il n'y en avait d'ailleurs pas d'autre, c'était le monde, l'image y triomphait, et ne fallait-il pas, pour s'y maintenir, organiser périodiquement sa propre publicité ? Que je parvienne à susciter tout ce battage l'impressionnait. Bien des starlettes prévenaient elles-mêmes les paparazzis de leur emploi du temps pour rester en lice dans les tabloïds et les rêves du public — la différence, c'est que les écrivains n'intéressaient personne ! Il a été encore plus étonné d'apprendre que le départ de feu consistait en un article pas encore paru dans une revue tirée à quatre cents exemplaires, et que c'était Georges qui, par sa réaction publique théâtrale, avait envenimé une polémique sans doute restée confidentielle autrement. Quelques jours plus tard, Luc m'a appelée de son portable, il était dans une petite librairie de son quartier, bonjour monsieur, disait-il au libraire d'une voix flûtée, vous auriez des livres de Camille L. ? Non ? Eh bien, alors... Non non, ne cherchez pas, ce n'est pas grave, donnez-moi *Dolorosa*, à la place... C'est aussi le moment où il a feuilleté *Carnet de bal*, dans lequel j'ai raconté mon enfance, mes parents, les hommes que j'ai aimés, la mort de mon fils, ouais, c'est bien écrit, a-t-il dit, mais tu sais quoi ? Si tu veux vraiment intéresser les gens, ce n'est pas ça qu'il faut faire : il faut que tu écrives sur la vraie vie. Ça te dit quelque chose, la vraie vie ?

Tu te levais à 7 ou 8 heures, tu t'allumais une cigarette ou tu te roulais un pétard, tu te faisais un café ou tu t'ouvrais une bière. Assis devant ton ordinateur, tu regardais tes messages, les blagues que t'envoyaient tes collègues restés en

Amérique ou les photos pornos que te forwardait ton frère Christian. Tu survolais des sites d'actualités en français et en anglais, tu cliquais sur des informations insolites, des anecdotes incroyables, des chansons nouvelles, à soixante-neuf ans il a le corps d'un homme de trente, elle donne le sein à son chien, il met sa femme aux enchères, elle se coince un robinet dans l'œil, il vend sa fille de treize ans contre cent caisses de vin. Tu t'arrêtais sur les news consacrées aux people, Britney Spears a la boule à zéro, Paris Hilton achète quinze paires de Louboutin roses, PPDA en vacances dans le Sud, Claire Chazal toujours amoureuse, Garou s'est tordu la cheville, la Star Ac' s'essouffle. Tu consultais la météo ou tu regardais par la fenêtre, selon le temps qu'il faisait tu passais un bermuda ou un jeans, un tee-shirt ou un polo, tu mettais des tennis et tu descendais chercher ta voiture dans le parking de l'immeuble. Tu appelais l'agence pour savoir s'ils avaient une cible particulière, combien paieraient-ils pour le bébé de Raphaël ou le nouveau mec d'Efira, mais plus souvent tu te confiais à ton instinct et à ton désir personnel, tu préférais planquer des heures dans la rue de banlieue où habitait Amel Bent, que tu trouvais sexy et qui vivait toujours dans le HLM de ses parents, plutôt que devant l'Avenue où tu étais sûr, à l'heure du déjeuner, de tomber sur quelques stars mais aussi sur la moitié des paparazzis de Paris. Bien sûr, tu ne dédaignais pas le cliché facile, Patricia Kaas sortant du restaurant avec son agent, Flavie Flament prenant un café en terrasse avec son mari, tu avais ton réseau d'indics, fans, chauffeurs, serveurs, concierges d'hôtel, badauds ; quelquefois, la chance était avec toi : en maraude dans le triangle d'or, tu repérais la Mercedes de Nikos ou le quatre-quatre récemment acquis par le gagnant de *Koh-Lanta*, tu vérifiais le numéro de la plaque minéralogique sur un petit carnet que tu tenais plus ou moins à jour, c'est ainsi, par hasard, que tu as suivi Cécilia Sarkozy jusqu'en bas de chez elle où Richard Attias est venu l'aider à décharger le coffre de sa Clio, c'était spontané, inattendu, féministe, pensais-tu, les people n'ont pas tous des larbins, ils sont comme nous, ils se coltinent les corvées, elles roulent en Renault, et à un chef d'État névropathe, bonne nouvelle, les filles préfèrent le gars qui descend la poubelle et les paquets Chanel — *Voici* avait payé plein pot, beaucoup mieux que la mascarade arrangée de Disneyland à laquelle tu ne t'étais même pas rendu. Mais ce qui te plaisait davantage, c'était, supplantant le hasard, de construire toi-même une histoire à partir des indices que tu arrachais à la réalité, d'être moins paparazzi que détective : planquer plusieurs jours de suite, repérer les habitudes, les heures de sortie, les visites, ne pas forcément suivre la cible lorsqu'elle s'en va, mais attendre, tard dans la nuit, qu'elle revienne, et avec qui, retenir la pulsion de shooter à ce moment-là au risque d'être trahi par le flash, de toute façon, les lecteurs n'aiment pas les photos prises de nuit, elles leur rappellent trop ce qu'ils veulent oublier, le viol dont ils sont les voyeurs, non, ne pas travailler dans le noir, tout ce qui hante l'homme et sa honte a lieu la nuit, revenir le matin, laisser le jour lever la peur — pour attraper la sortie clandestine, le baiser sur le seuil, la promenade du chien, le coucou à la fenêtre, la main dans la main. Évidemment quelquefois une petite chanteuse apprenait sa déchéance à la une de *Closer* et tombait en dépression, mais si l'on n'est pas fort on ne fait pas ce métier-là, disais-tu, une star ne cesse jamais de briller, ou bien c'est qu'elle ne méritait pas le ciel. Pour les histoires longues, tu prenais un associé et vous vous relayiez sur zone, dans ce cas, quel que soit l'auteur des photos vous partagiez les bénéfices. Mais tu aimais être le premier à savoir, le premier à voir. Quand tu passais le relais à ton coéquipier, tu éprouvais une sorte d'angoisse diffuse à l'idée d'être absent à l'instant où quelque chose aurait lieu. Tu en ressentais les affres même quand tu étais seul : il faudrait bien, à un moment ou à un autre, que tu ailles t'acheter un sandwich ou pisser derrière un arbre, il arriverait que ton attention se relâche, que tu piques du nez, que ton portable sonne — et alors tu raterais l'instant, putain merde ça bouge, tu attraperais ton appareil, tu mitraillerais au moteur, huit images/seconde mais aucune ne serait la bonne, trop de soleil, trop d'ombre, trop flou, trop tard, tu aurais échoué à clouer l'être sous ton regard, à méduser le temps. Qu'est-ce que tu voulais voir, quelle image voulais-tu dérober qui se dérobait toujours, quel baiser volé à quelle pénombre ? Quelle énigme filais-tu sans cesse dans les rues ? De quelle étreinte étais-tu le privé ? Qu'est-ce que tu voulais savoir ?

— Ah ! c'est bien des questions d'intello à la noix, m'a dit Luc. La vérité, c'est que c'est un boulot de nul, que je m'ennuie comme un rat mort, que je me les gèle — et encore, moi j'ai une caisse, c'est l'aristocratie des paps, les autres roulent à scooter —, que je ne peux même pas lire le journal ou regarder un film parce que si je baisse les yeux c'est foutu, je ramasse la merde pour les autres, fouille-merde, c'est ça mon job, un genre de motocrotte, il y a deux millions de personnes qui lisent *Voici* ou *Closer* chaque semaine, ça les fait jouir la vie des autres, ils sont accros et moi je leur fournis la came, je les aide à triper et pour finir tout le monde me hait, tout le monde profite de moi et me hait. — Est-ce qu'on se voit ? ai-je demandé. — Et en plus, il pleut tout le temps dans ce pays. À Los Angeles, il faisait tellement beau. C'est l'été tout le temps là-bas. — Est-ce qu'on se voit ? — Oui, on se voit. Je lève le camp dans pas longtemps, c'est mort.

D'autres jours, tu disais le contraire : tu aimais cette chasse dans la ville, la rivalité avec les autres, les ruses, les embuscades, les courses-poursuites qui donnaient la sensation de tourner un film, cette espèce de guérilla urbaine avec ses poussées d'adrénaline et le sentiment de la victoire, quelquefois, la capture, la prise de guerre, les hot shots. D'ailleurs, chaque fois que tu le pouvais, tu mettais ton expérience au service d'une cause plus noble, tu te muais en détective, en grand reporter : ainsi, tu enquêtais depuis un moment déjà sur le naufrage du *Bugaled Breizh*, jamais élucidé, et… — Pourquoi le *Bugaled Breizh* ? Tu n'es pas breton, si ? ai-je demandé. — Quelle idiote, as-tu soupiré. Faut-il être breton pour vouloir savoir, pour ne pas supporter le silence, le mensonge, la trahison, le secret ? Toi, tu es prête à gober n'importe quoi, je suis sûr : tu crois que c'est Ben Laden qui a fait tomber les tours jumelles, tu crois qu'on a marché sur la Lune, tu ne remets rien en question, tu t'éclaires avec des vessies, tu… — Est-ce qu'on se voit ? — Ouais, ouais. Deux ou trois choses à checker et j'arrive, je suis là dans vingt minutes. C'est quoi ton adresse, déjà ?

Il est arrivé deux heures plus tard. Je lui ai présenté ma fille Alice, il a paru intimidé. Je suis allée dans ma chambre répondre à un coup de fil, quand je suis revenue ils étaient en train de parler de musique, et toi Cam tu connais Timberland, ah ah sûrement !? Non, maman elle n'écoute que Bach, elle croit que, bon allez on y va ? m'a dit Luc en ouvrant la porte, j'ai faim, moi.

Nous sommes allés à pied dans un restaurant tibétain qu'il connaissait, pas loin de chez moi, en descendant la rue il a attrapé sur son pare-brise la contravention qui s'y trouvait, tu la veux ? Non ? Pas de souvenir de moi ? Bon ! Il l'a jetée dans le caniveau. — Déplace ta voiture, au moins, il y a une place libre en face. Ils peuvent repasser, tu sais. — Il est passé par ici, ils repasseront par là, a-t-il chanté en m'entourant la taille.

À peine assis, il m'a pris les mains au-dessus de la table, ta robe est très jolie, ce rouge te va très bien, et les volants aux manches, c'est ravissant, on dirait une petite Russe, tu essaies d'être mon idéal, en fait, non ? Tu pourrais bien y arriver… Nous avons commandé, ses yeux débordaient d'amour au-dessus des bougies, ma chance, mon trésor, ma reine, disait-il, il badinait, redemandait du vin, achetait des roses à un vendeur indien qui nous prédisait monts et merveilles, me les offrait d'un air tendre, je n'en reviens pas que tu t'intéresses à moi, tu sais, je connais ma chance. Puis l'addition est arrivée, c'est plus cher qu'avant l'été, a-t-il remarqué auprès de la serveuse, vous subventionnez le dalaï-lama ? Puis, à mon adresse : Je suis venu il y a deux, trois mois avec mon ex, une Black superbe, ancien model, elle est bouddhiste, j'ai des photos d'elle, tu veux la voir ? — il a esquissé un geste vers son portable — oh, et puis non, ça te ferait de la peine… — Pourquoi est-ce que tu m'en parles, alors ? s'est enquise poliment Ruel, le temps que je reprenne ma respiration, tandis que tout le restaurant se transformait brutalement en un laboratoire de recherches sur l'intérieur de la boîte crânienne masculine, et la table en une paillasse où les bougeoirs avaient des airs de becs Bunsen. — Ah ! Tu serais pas un peu jalouse, toi… ? Eh bien, elle est toujours à L.A. Elle est venue me voir en juin dernier, d'ailleurs je voulais te prévenir, si jamais on est toujours ensemble à Noël, je ne serai pas très disponible parce qu'elle revient passer trois semaines en France. — C'est parfait, a dit Ruel aimablement. Je dois moi-même partir au ski avec Jacques… — Jacques ? — Oui. Il est écrivain. On se voit peu parce qu'il ne vit pas à Paris. — Ça, c'est un gros mensonge, je suis sûr que tu n'as personne, rien que le prénom, Jacques, ça sonne faux. Ou alors il a cent ans ! Plus personne ne s'appelle Jacques ! Quant à toi sur des skis… Sa voix distillait un mélange de moquerie et de pitié. Tu comprends, elle a été choquée quand on m'a expulsé, elle avait des projets, les Californiennes savent ce qu'elles veulent. Là, on s'est mis d'accord pour faire un bébé, et moi je me dis que ça faciliterait sûrement mon retour aux States, d'avoir un enfant avec une Américaine, donc voilà…

Un instant plus tard, devant le café-tabac où Luc faisait la queue pour acheter des cigarettes, j'essayais d'embobiner Ruel qui m'opposait une gencive hautement dubitative : j'aimais bien les provocateurs, moi, l'insolence empêchait de ronronner, et puis ce n'était pas possible, il y avait forcément quelque chose derrière tant d'impudence, mon instinct ne me trompait pas, il fallait que j'aille voir dessous, son cynisme était naïf, sa goujaterie manquait de fond, il était capable d'une telle douceur aussi, on ne pouvait pas condamner sur des apparences, l'âme humaine était, plante-le, a dit Ruel. Luc est sorti, par la porte ouverte Christophe Maé s'est engouffré dans mon oreille, suis pas contre l'amour, a fredonné Luc, je serais même plutôt pour, oo, il a posé ses deux mains autour de mon visage, m'a embrassée, je voulais te dire : n'écoute pas tout ce que je raconte, je sors beaucoup de conneries, puis au moment de prendre une cigarette : Ah ! non, ce n'est pas possible ! Viens... Il m'a entraînée à l'intérieur du café. Excusez-moi, a-t-il dit au buraliste en posant sur le comptoir son paquet de Marlboro où s'étalait en grosses lettres noires : FUMER REND IMPUISSANT, excusez-moi, vous n'auriez pas plutôt : FUMER TUE ? Toute la file s'est mise à rire et cet unisson l'a rendu si heureux ! Ses yeux lançaient des éclats d'enfance, c'était beau à voir. Nous sommes ressortis enlacés, Ruel avait tourné les talons et s'éloignait sur le boulevard, elle marchait comme John Wayne quand il n'a pas peur qu'on lui tire dans le dos, elle m'a fait pitié d'être morte.

Alice était couchée. Nous sommes allés dans ma chambre. Après tant de légèreté, tant d'inconséquence, sa façon de faire l'amour jouait une autre note. Il y mettait tout le sérieux dont il ne semblait pas capable dans la vie courante, une gravité religieuse — oui, en tout cas ce soir-là le sexe était religieux, littéralement, il nous reliait. Non pas à dieu, mais à l'autre devenu tout. L'acte était une prière que la jouissance exauçait. Deux mortels se donnaient l'éternité. La nudité ouvrait un autre espace — sacré, qu'elle fermait à toute contingence. Le temps n'y entrait pas, le temps était enfermé dehors. L'hypothèse du mensonge se résorbait, tant les corps étaient réels, ne trompaient pas. L'animal coulait sa sauvagerie dans la plus haute civilisation, la rudesse se fondait en délicatesse, l'équilibre tenait du miracle. Dans la nuit, ses mains me magnifiaient, sa langue parlait ma langue, son sexe m'épousait. Il donnait tout, il dépensait tout, sans réserve. Aimée, je ne doutais pas de l'être, il me le disait, et le mot était la chose. — Tu crois en dieu ? murmure-t-il à mon oreille. — Non. Et toi ? — Moi ? Je n'ai dieu que pour toi.

Je me suis réveillée vers 3 heures, il avait gémi, ou crié. Comme au Presbytère quinze jours plus tôt, le couloir était allumé, la fenêtre était ouverte, la radio marchait : est-ce que le vent, la lumière, le bruit lui étaient indispensables ? Sûrement. Mais à quoi ? Tout ce qui n'était pour moi qu'inconfort semblait pour lui nécessité. Encore n'était-ce pas suffisant, puisqu'il se tenait couché là, transi et les yeux fixes, j'ai un poids sur la poitrine, m'a-t-il dit, peut-être que je fume trop, que j'ai un cancer... J'ai posé la main sur son bras : — Ou bien c'est juste de l'angoisse, ça fait ça aussi, ça serre la poitrine, surtout la nuit... — Ah ! Ouais, tu connais ça, toi, l'angoisse nocturne ? Mais toi, c'est plutôt la préménopause qui te travaille, non ? Il s'est levé, a enfilé ses vêtements, il vaut mieux que je rentre chez moi maintenant, sinon ils vont m'enlever ma caisse. Allez, à plus. J'éteins tout, comme ça tu te rendors. — C'est trop gentil, ai-je dit.

La porte a claqué comme en plein jour. Dans la nuit, la tache sanglante de son pull oublié sur une chaise épongeait fixement des envies de tuer, j'ai vu rouge jusqu'à l'aube. Mais ma haine est la chèvre de M. Seguin, à la fin elle se rend, c'est toujours pareil, ne restent que l'envie de mourir, ses dents de loup, puis l'envie de comprendre, lever de soleil.

Le lendemain, après trois ou quatre tentatives de contact téléphonique, Luc m'a laissé un sms : « Un petit tennis, mon chou ? » J'ai finalement pris son appel le soir, il ne captait pas bien ma réaction, au moins il était sincère, bon, il voulait retourner aux États-Unis coûte que coûte, parler anglais lui manquait terriblement, voilà, je savais tout, il ne me cachait rien, la vérité ça devrait intéresser un écrivain. — Je ne suis pas un écrivain, ai-je protesté, je suis une femme. — Ah oui (long soupir déçu), tu es comme les autres, alors. Toujours ce romantisme à la con. Il y a eu un petit silence. Si encore j'étais sûr que tes ovaires soient toujours en état de marche… Ou même, si seulement tu parlais bien anglais…, a-t-il ajouté. — Au revoir, Luc, ai-je dit. Et bonne chance pour tes projets.

Babaîlle et goude leuck, a traduit Ruel perchée sur mon épaule, mais j'avais déjà raccroché.

Les semaines suivantes, j'ai tenté en vain de me remettre à écrire. J'avais ébauché avant l'été un texte un peu hybride, mi-essai mi-récit, dans lequel je voulais décrire tout ce qui s'était répété dans ma vie, ou plus exactement tout ce qui s'y déclinait, variation plus ou moins monotone de thèmes familiaux, reconduction de schémas névrotiques, mais aussi reprise heureuse de motifs musicaux, frise merveilleuse, relectures, remplois, rimes et rythmes, dévidement qui devait me mener jusqu'à « la seule chose qui ne se répète pas, dit Jankélévitch, qui s'improvise — une seule fois et pour toujours » — c'était un livre qui allait vers la mort. Si la fin ne m'aidait certes pas à concrétiser ce projet déjà ancien, pour lequel j'avais décroché une bourse conséquente, il y avait pourtant une autre raison à mon empêchement : c'est que sur internet il était déjà fini, et publié en 2005. Le livre s'appelait *Encore et jamais, essai sur la répétition*, et il figurait dans la liste de mes œuvres sur Wikipédia et divers sites de librairie, assorti de la mention « Bourse Cioran ». Il avait même été noté 8/20 et 9/20 par deux internautes, ce qui ne me donnait pas beaucoup d'entrain pour l'écrire, d'autant plus qu'il était bon dernier dans les listes de ventes. Ainsi, depuis que, pensant échapper au bruit du dehors, je m'étais replongée dans ce chantier dont j'avais parlé à Georges plusieurs fois, je n'avais pas ajouté une ligne que la suivante n'ait effacée. Je me sentais abandonnée, et cette sensation n'était sans doute elle-même que la énième redite d'un chagrin que je n'arrivais pas à dire, et qui était le seul sujet du livre.

Trois semaines ont passé, pur vide, la Toussaint est arrivée, ses tombeaux, ses chrysanthèmes, la presse ne lâchait pas l'os de la polémique, Alice était partie, j'ai rappelé Luc, il voulait peut-être récupérer son pull (c'est ça, a dit Ruel dans mon oreille libre). Il était en Hollande, il venait de cueillir à la sortie de la gare d'Amsterdam une présentatrice de M6 dont le nom ne me disait rien, ça m'aurait étonné, a-t-il dit, flanquée de son nouveau boyfriend, un jeune acteur montant dont elle avait gracieusement donné le signalement à l'agence de Luc, en même temps que la destination de leur escapade amoureuse et l'heure d'arrivée du train, elle avait été parfaite, s'arrêtant pile dans l'axe pour l'enlacer fougueusement sous un réverbère et sous divers angles, il avait tout mis dans la boîte. — Je comptais dormir ici, mais si tu veux me voir, je reprends la route tout de suite, je peux être à Paris vers minuit. Des bruits de cascade masquaient par instants sa voix grave et belle que je redécouvrais, il a une voix superbe, me disais-je, tu es où, ai-je dit, près d'une fontaine ? — Nan, je suis dans les chiottes du McDo. Bon, je prends un café et je vole vers toi. À toute. Il a raccroché. *So romantic,* a dit Ruel.

Et pourtant, romantique, il le fut, ardent, fougueux, tendre, passionné, charmant, délicieux, délicat, attentif, bref : engagé dans la présence amoureuse comme peu de gens le sont encore, sauf dans les romans-photos. — Je suis heureux avec toi, a-t-il dit en attrapant une cigarette. N'empêche, l'autre jour tu m'as largué comme une vieille chaussette, espèce de salope. Nous étions nus, enchevêtrés, de sa main libre il me pétrissait la hanche à la limite de la douleur. — Mais c'est ta faute, écoute ! Si tu trouves une femme qui supporte ta façon d'être, présente-la-moi… — Pourquoi ? Tu veux faire un truc à trois ? — C'est malin ! Écoute, tu es tellement brut de décoffrage, tellement grossier… — Oh ! Pas trop de politesses, comme dit mon père. — Rassure-toi, tu as de la marge. Mais regarde-toi : tu n'as aucun respect, tu ne tiens aucun compte des… Qu'est-ce que tu fais ? — Ben tu m'as dit : regarde-toi. Je me regarde. Je me trouve pas mal. Embrasse-moi, plutôt. — Tu es un manipulateur de première, un séducteur à la petite semaine, tu te sers des gens pour… — Eh, je t'arrête, là, a-t-il dit, froid soudain, en montrant d'un geste mon ordinateur. Qui c'est qui se sert de moi ? Qui c'est qui est allé me repêcher pour nourrir son inspiration ? Qui c'est qui va me jeter pour de bon dès qu'elle aura assez de matière ? Tiens, en parlant de ça, j'irais bien me soulager… Quelques minutes plus tard, à travers la porte de la salle de bains : Oh ! mon amour, viens voir ! J'ai parachuté un

Sénégalais, il est magnifique ! Sa voix n'était pas insolente, non, sa fierté sonnait juste, d'une seule phrase il était l'enfant, j'étais la mère. La différence d'âge, peut-être, sa manière de me la rappeler ? J'ai encaissé le coup, en même temps je riais, il me ramenait en enfance, moi aussi, j'avais oublié cette expression, ai-je crié, « parachuter un Sénégalais », mes cousins disaient ça, dans le temps. — Dis-moi merci, alors : je te sers de petite madeleine, tu vois, je te suis utile. Il est revenu dans la chambre, son corps était une lance dans mon cœur, j'ai détourné les yeux. — Tu viendrais au théâtre avec moi samedi ? J'ai deux places pour… — Non merci ! D'abord, le samedi c'est le jour où j'ai le plus de chances de shooter, et puis moi, tu sais, quand j'entends le mot « culture », je pense à l'herbe, c'est tout, a-t-il dit en prenant son papier à rouler. Bon, il faudrait que je songe à rentrer.

Tu rentrais, tu t'arrêtais dans un Subway à Bastille ou à République, tu connaissais toutes les adresses, toutes les variétés de sandwiches, les promotions, les prix, tu entamais une discussion avec le vendeur, combien gagnait-il, est-ce que c'était des poulets de batterie, depuis quand travaillait-il ici, avec un peu de chance il était américain, tu essayais, *where do you come from*, la file protestait derrière toi, tu ne t'en souciais pas, tu remontais dans ta voiture, tu mangeais en conduisant, tu trempais les frites dans les deux barquettes posées sur l'accoudoir, sauce curry, sauce barbecue, en passant tu vérifiais si la

Smart de Loana était garée en bas de chez elle, si les volets étaient fermés chez Delarue, tu arrivais chez toi, la fenêtre de la cuisine était grande ouverte mais il faisait bon dans ta chambre car le convecteur électrique marchait à fond, tu ne payais presque rien depuis que tu avais trafiqué le compteur avec un morceau de carton après en avoir brisé les scellés, tu mettais la radio, tu augmentais le volume au maximum quand la chanson te plaisait ou que c'était du rock, les voisins s'étaient plaints une ou deux fois à cause de l'heure tardive mais ils avaient cessé, tu n'en entendais plus parler, ils te croyaient un peu dingue, voire dangereux, pensais-tu, s'il n'y avait rien à la télévision tu t'asseyais devant ton ordinateur, tu écrivais un mail à l'infirmière de Meudon qui s'était affectée de ton silence huit ou quinze jours plus tôt, salut ma poule, sur Meetic tu avais un message de Goldenboy pour Marquisedesanges, tu n'avais pas mis de photo sur ton profil, il en voulait une avant d'aller plus loin, tu lui envoyais une photo de ta mère jeune avec deux lignes de minauderies, ça t'excitait d'être l'objet du désir, tu faisais suivre le message à ton frère Christian, qui lui s'était inscrit sous le pseudo féminin de Mayalabeille, c'était marrant de voir comment les mecs louvoyaient avant d'arriver au but avec les filles, les stratégies étaient très communes dans le fond, trop banales pour que tu veuilles t'en inspirer, tu préférais t'en démarquer, tu allais sur le Post, tu envoyais un commentaire à propos des couleurs de la nouvelle Renault, tu attendais un peu les réactions, Marco la kiffait en bleu, Feedback adorait la vert bouteille, tu concluais que le problème c'était le prix, sur le site des Bookmakers les paris faisaient rage, on misait gros sur le suicide ou non de Britney Spears, et sur la date, tu suivais deux minutes, tu visionnais la vidéo où un cultivateur masqué explique comment faire pousser du cannabis en appartement, tu te demandais si ce serait possible chez toi, il fallait beaucoup d'humidité, tu surfais une demi-heure afin d'obtenir plus de renseignements, des témoignages forcément parcimonieux, tu chattais avec Cerise qui t'avait laissé un message sur Parship, elle travaillait dans le cinéma et sur la photo qu'elle t'avait envoyée elle avait l'air nue, tu la transmettais à Will, « t'as pas l'impression qu'elle est nue ? », en tout cas ses épaules étaient nues, et suffisamment rondes pour laisser imaginer des seins généreux, tu imaginais, encore un ou deux échanges sur le net et tu pourrais lui proposer de boire un verre, ce délai rêveur repoussait le moment où il faudrait y aller vraiment, tu recherchais l'enregistrement d'un canular téléphonique de Lafesse que tu connaissais par cœur mais dont tu ne te lassais pas, tu riais aux éclats, tout seul à ton bureau, tu te levais, tu allais dans la cuisine, tu te servais un verre de vodka, tu allumais la télé pour suivre d'un œil le show de Conan O'Brien sur CBS, les Américains étaient toujours les meilleurs, tu t'abonnais à CouchSurfing, un site d'hébergement gratuit pour routards de tous les pays, tu rédigeais l'annonce d'accueil, « *world is in autodestruction mode, so let's get out of it !* », en regardant qui était déjà inscrit à Paris tu tombais sur le prénom Adrien, qui te faisait ressouvenir d'un ancien condisciple du collège Sainte-Clotilde, vous aviez été enfants de chœur ensemble, ensemble vous aviez bu le vin de messe et fracturé les troncs d'église, à l'époque tu te trompais toujours, au lieu de dire « enfant de chœur » tu disais « enfant de curé », je suis enfant de curé, disais-tu, ça faisait rire tout le monde sauf le curé, tu t'attendrissais à ce souvenir, tu allais voir sur Copainsdavant s'il y était, il y était, tu lui envoyais un petit message, salut Adrien, que deviens-tu depuis la sixième 4, et tu remplissais ta page, « Hey, je suis toujours vivant », disait ta phrase d'accueil, la photo sur ton profil ne te plaisait plus, tu décidais de la changer, pour ce faire tu actionnais le déclencheur automatique de ton appareil digital et tu courais te poser en face de l'objectif, tu faisais le clown, tu collais ton nez à la lentille, tu prenais un air de bon garçon, tu mettais un polo bleu au lieu d'un rouge, puis tu faisais défiler les photos à toute allure et choisissais vite, lassé, tu écoutais une chanson des Eagles, un groupe californien que tu écoutais tout le temps à Los Angeles, tu avais envie de pleurer, est-ce que vraiment tu n'y retournerais jamais, alors tu bondissais sur tes pieds, tu te roulais un joint pour habiter le vide qui affluait, ou bien tu sortais en claquant la porte pour le laisser derrière toi. Si tu n'y arrivais pas, si sa pression soudaine menaçait de faire exploser ta tête, tu allais au supermarché, tu remplissais un caddie de crêpes surgelées, de packs de bière et de nuggets, ou bien tu appelais ta mère, ou Colette, ta dealeuse, ou moi, il y avait une autre nana qui faisait de l'autofiction, m'expliquais-tu, sans vouloir te vexer elle a plus d'entrées que toi sur Google, elle s'appelle Christiane Angot, Christine, disais-je, non non Christiane, maintenais-tu, à propos de noms, j'avais sur Facebook, m'apprenais-tu, un homonyme pas du tout content qu'on le prenne pour moi, « je suis un garçon et je vous emmerde, signé Camille », disait-il sur son mur, il y en avait une autre, une coiffeuse de trente et un ans, qui avait sa propre notoriété, « j'ai fait la Star Ac' avec Mario et je suis sortie avec Piechaczech », précisait-elle, et aussi une Laurence Ruel, secrétaire médicale à Villard-de-Lans, est-ce que je le savais, non, je ne le savais pas, ni qui était Piech..., et Villard-de-Lans, je suis sûr que tu ne sais pas non plus où c'est, pauvre pomme ?

On se voyait de façon irrégulière, Luc n'aimait que l'imprévu, la chose dont on ignore qu'on va la faire dix secondes avant de la faire. Il était impossible de programmer une sortie, une partie de tennis, un dimanche ensemble, Luc préférait arriver à l'improviste après un bref coup de fil, c'est quoi ton adresse, déjà ? Il imputait cette incapacité à son métier, à l'urgence aléatoire du « terrain », mais en toutes circonstances il niait la chaîne du Temps, ses maillons dont l'un mène à l'autre, il niait le flux du Temps, ses ports, ses balises, ses amers — jamais ne serait fétu charrié, barque docile : il ne s'arc-boutait pas contre la puissance supérieure de son fleuve, il en ignorait simplement le flot, ou se réservait la possibilité infinie d'en détourner le cours au gré de son humeur ou de ses besoins ; il détestait les rendez-vous, les agendas, la planification — à part les plans sur la comète. Il avait mille idées à l'heure, souvent dans la perspective de faire autre chose de sa vie, de changer de voie —, il faudra que je m'y fasse repenser, disait-il. Quelques-unes étaient brillantes, pleines d'intuitions subtiles ou neuves, mais il aurait fallu, pour les réaliser, s'y atteler plus de quelques jours ; or il s'en détournait dès qu'il en avait épuisé les virtualités, il ne les avait échafaudées, parfois développées sur le papier que pour pouvoir s'y accoter un moment, il appuyait sa vie sur le possible, et la limite n'était pas nettement marquée avec l'impossible. Un jour, il voulait créer des cours de cuisine bio avec des produits frais, et dans l'attente d'un financier enthousiasmé par l'idée, il envisageait de transformer son appartement en atelier culinaire, il traçait sur une feuille l'emplacement des huit gazinières une fois le matelas relevé contre le mur et calculait ses bénéfices indexés sur le prix moyen de l'échalote macrobiotique, pendant quelques jours il multipliait les contacts, intéressait tout le monde à son projet, balayait les arguments fondés en raison, les réserves sceptiques, les moqueries et autres moues navrées, son idée le possédait, elle allait donner un maximum de blé ; puis, d'un coup, il l'abandonnait, elle disparaissait de son esprit, de sa conversation. Il ne faisait pas de projets d'avenir, tous ses projets étaient présents, ombres de parasol, ils se projetaient sur place, donnaient forme à ses journées comme à ses nuits, il ne leur demandait pas d'avoir un destin mais d'exister, de le faire exister — de lui donner une contenance, et donc un contour, un tracé aléatoire, perpétuellement modifiable, une frontière mobile derrière laquelle il se rassemblait en une identité volatile, comme si la main qui l'avait tracé avait tremblé.

Quand je l'appelais, « tu ne pourrais pas te mettre en veilleuse ? » disait-il en entendant ma voix, ou bien « Rappelle-moi dans huit jours », ou encore « Ah, c'est toi ? » comme s'il me ramenait de derrière l'oubli, ou parfois « Ma chérie, justement j'allais t'appeler, qu'est-ce que tu fais, là, maintenant ? ». Un après-midi, je lui ai téléphoné, Alice restait dormir chez une amie, est-ce que je pouvais passer chez lui, après tout c'était toujours lui qui venait... Il était en planque devant l'hôpital Bichat, il ne savait pas jusqu'à quand : Jean-Pierre Pernaut avait une gastro-entérite. Ta soirée dépend des intestins de Jipé, a-t-il dit. Je me suis mise à rire, tu es la bonne fille, a-t-il grincé, on peut vraiment te balancer n'importe quoi, ah, j'ai quelqu'un sur l'autre ligne, il faut que je te laisse, je te rappelle, à plus.

Tu me laissais, oui, il fallait que tu me laisses, tu raccrochais ou plutôt tu coupais, oui, il fallait que tu coupes, quelque chose dans mon rire avait franchi une barrière invisible, empiété sur un territoire farouche dont il était vital que tu restes le maître, une jungle dont tu connaissais la loi, l'absence de loi, à un moment il fallait couper, disperser à la machette sans se poser de questions les interlocuteurs trop curieux, les exploratrices tenaces, deux ou trois fois même, alors que je disséquais une promesse non tenue, un rendez-vous manqué, tu avais dit d'une voix d'enfant « attends-moi une minute, je vais faire pipi » et tu n'étais pas revenu : passant devant la glace du lavabo, tu t'étais trouvé négligé et tu avais commencé à étaler de la mousse à raser sur tes joues, ma voix t'appelant dans le combiné t'avait presque fait peur, oh ma petite chérie, tu es là ? t'étais-tu étonné, je me rasais, avais-tu expliqué, tu te rases parce que je te barbe, avais-je traduit, et mon rire à nouveau t'avait pénétré, parfois tu n'en supportais pas l'intrusion, je m'immisçais, je forçais le passage dans ta vie en un point où d'habitude les autres renonçaient, mon rire te suivait dans tes retranchements forcenés, passant à gué le torrent d'injures et d'affronts qui t'isolait de tous, alors tu coupais, tu rétablissais le vide et tu retournais t'asseoir face à ton ordinateur, êtes-vous : afghan afrikaner albanais algérien allemand américain andorran anglais angolais antiguais et argentin arménien australien autrichien azerbaïdjanais bahaméen bangladais barbadien belge, vers midi Jean-Pierre Pernaut était sorti par l'arrière de l'hôpital, où tu te trouvais car tu étais un vieux de la vieille, et tu avais réussi quelques clichés, ça n'irait pas chercher des milliers d'euros, mais bon, tu avais gagné ta journée, et même ta semaine, tu te roulais un joint, tu mettais au four une pizza surgelée, tu revenais, estonien éthiopien fidjien finlandais français gabonais gambien, ton portable sonnait, tu vérifiais le numéro, c'était Will, est-ce que tu voulais du shit pas cher, il allait mal, il avait loupé un entretien d'embauche le matin même, il s'était levé à l'heure pourtant, mais il y avait un sketch de Coluche à la radio, il avait voulu l'écouter jusqu'au bout et il avait raté le RER, le train suivant n'était arrivé que vingt minutes plus tard, il venait d'y monter quand la DRH l'avait appelé, pas la peine de venir, avait-elle dit, je n'ai rien à faire d'un type à la ramasse, quelle salope, tu acquiesçais, tu négociais la barrette de shit, ougandais ouzbèque palestinien panaméen papou, tu ne me rappelais pas, après tout tu n'étais pas obligé, tu ne savais pas si tu aurais envie de me voir le soir, c'était si loin, le soir, tu te doutais que je te le reprocherais, on ne pouvait pas te faire confiance, ce que tu disais n'avait donc aucune valeur, aucun sens, on se rappelle ou on s'oublie, c'était la même chose, pour toi, mais tu aurais pu, ne serait-ce que par politesse..., tu ne répondrais rien, ou tu dirais « je n'ai pas eu le temps », ou bien « toi, tu me rappelles, c'est pareil, non ? », mais qu'est-ce que tu en avais à foutre des règles de politesse, est-ce que ton père était poli ? non, tu n'étais pas poli, tu étais polonais. Je te rappelais dans l'après-midi, blonds bruns roux gris blancs autres, ah ! salut, quoi de neuf ? 1,70 m 1,71 m 1,72 m 1,73 m 1,74 m, ouais je suis toujours devant Bichat, j'attends encore un peu et puis je me casse, bleus verts bruns noisette gris noirs autres, ok mais apporte un truc à manger, alors, la silhouette les yeux les cheveux le sourire la bouche les seins les jambes les fesses autres, vers 20 heures, d'accord, métro Crimée, code B7548, B comme boy, 75 comme Paris et 48 comme ton âge, branché bourgeois bohème BCBG sport décontracté classique, mais non je rigole, tu es jeune, tu es belle, je suis content que tu viennes me voir dans mon antre, moins de 10 000 euros entre 10 000 et 30 000 euros entre 30 000 et 50 000 euros plus de 50 000 euros. Tu raccrochais, tu allais voir dans ta galerie de photos les clichés de Lindsay Lohan que tu avais faits quand tu vivais à Los Angeles, tu adorais les blondes, tu aimais les stars, leur monde plutôt, tu en ferais partie un jour, Will l'avait lu dans les tarots, en attendant tu te connectais à l'univers, chaque pixel était une étoile dans ton ciel, tu te reliais aux planètes, aux astres, aux galaxies, aux autres, tu cherchais des âmes, des seins, des cœurs, des corps, des cerveaux, des culs — et plus si infinité, disais-tu, note cette expression, et plus si infinité, répétais-tu, c'est bien, non ?

Je suis arrivée à 20 heures avec un plateau de sushis. Luc m'a ouvert la porte et est retourné aussitôt s'asseoir devant son ordinateur. La pièce était submergée de vêtements en désordre, on aurait dit qu'une bombe avait fait exploser des valises, non, c'était juste qu'un jour il avait racheté des lots sur eBay dans l'intention d'ouvrir une boutique de fringues, mais finalement ça ne s'était pas fait. Pantalons, robes et tee-shirts couvraient divers appareils posés sur le sol — carcasses de computers, postes de télévision, radios empoussiérées. Des paperasses s'entassaient sur une étagère, factures, modes d'emploi, prospectus, avec des boîtiers de téléphones mobiles et trois livres — une biographie de Jamel Debbouze, *Les Fleurs du mal* et *Windows pour les nuls.* Un grand plan de Paris et de sa banlieue était punaisé au mur. Le lit — un matelas par terre vrillé de draps grisâtres — montrait le souci que Luc avait eu de ma venue. Tu peux aller voir dans l'autre pièce, a-t-il crié par-dessus Nirvana poussé au maximum, visite, fais comme chez toi. Je me suis approchée de lui, il m'a tendu sa canette, tu veux du Red Bull ? La maigre lampe de son bureau lui dessinait un visage fiévreux ; dans un bol près de la souris, une centaine de mégots se tordaient comme des asticots. Des boîtes de médicaments traînaient à moitié ouvertes — pansements gastriques, Valium, aspirine. Un cadavre de Four Roses gisait parmi les fils électriques. Il n'y avait aucun endroit où m'asseoir. Viens sur mes genoux, a dit Luc d'une voix morne. Je me suis assise. Il ne restait déjà plus que deux sushis. Luc cliquait sur différents sites, il cherchait quelque chose, la lumière tombait en poussière sur l'écran, Ah ! que le monde est grand à la clarté des lampes, ai-je murmuré, le curseur bougeait sans cesse, Ô le pauvre amoureux des pays chimériques ! Faut-il le mettre aux fers, le jeter à la mer, Ce matelot ivro..., tu peux te taire deux secondes ? Tu me déconcentres, ah ! voilà... La première vidéo représentait une succession de gens qui, se croyant seuls, pétaient dans un ascenseur, elle avait dû être prise par une caméra d'immeuble, sur la suivante on voyait trois amis barboter dans un jacuzzi, soudain une des filles se tenait le ventre et l'eau se colorait de brun, les deux autres s'enfuyaient du bain en hurlant *oh my god* comme s'ils étaient poursuivis par un crocodile, il y avait eu 234 521 vues sur YouTube, assorties de 2 489 commentaires, je ne m'en lasse pas, a dit Luc. Je me suis levée, eh bien je vais te laisser, ai-je dit, oh toi tu n'es pas contente, a-t-il noté, tu voulais baiser, hein, tu es venue pour ça, grosse cochonne, t'es en manque, mais tu crèverais plutôt que de le dire. Prétentieuse ! Il s'est levé à son tour, s'est planté devant moi, allez, vas-y, ouvre-moi la braguette au lieu de faire ta mijaurée, il n'y a que le sexe qui t'intéresse, je le sais bien, va, allez, couche-toi là, de toute façon si tu sors seule à cette heure-ci tu vas te faire attaquer, c'est pas Saint-Germain ici, tu es obligée d'attendre que je te raccompagne, lalalère, mais qu'est-ce que tu fais, si tu crois que les taxis viennent jusqu'ici, tu rêves. J'ai fermé mon portable, il sera là dans cinq minutes, ai-je dit. Alors tu t'es jeté sur ton lit, viens dans mes bras, as-tu gémi, qu'est-ce que j'ai fait, qu'est-ce que j'ai dit, pourquoi tu t'en vas ? Apprends-moi, explique-moi — apprends-moi à être un homme, un homme qu'on puisse aimer. Je t'aime, moi, tu sais, je t'aime. Tu voulais parler ? Tu veux qu'on se parle ? Pourquoi tu pars ? a-t-il pleuré. Tu veux que je m'aplatisse devant toi, tu veux me bouffer entièrement le corps et l'âme, que je me vide, que je n'existe plus ? Tu veux tout me prendre, c'est ça, et me jeter après comme une loque ? Comme la merde que je suis ? Pute ! Méchante ! Non, pardon, reviens, reviens mon amour, pardonne-moi ! C'est la fumette, tu sais. Je ne suis pas toujours comme ça. Je t'en supplie, ne t'en va pas ! Envoie-moi un texto, au moins, explique-moi ce qui ne va pas !

J'ai ouvert la porte, un texto ? mais c'est un roman qu'il faudrait ! J'ai claqué le battant, toute la cage d'escalier a vibré, j'ai dégringolé les deux étages, je suis montée dans le taxi. Même Ruel était sonnée, elle n'était jamais allée chez quelqu'un comme ça, qui vit sans livres quoique petit-fils d'un écrivain célèbre, universitaire reconnu (Ruel s'était renseignée sur Amaury Troyon, elle envisageait même de se plonger en détail dans son œuvre, elle croyait à la filiation, à l'hérédité), du haut de sa terrasse elle se demandait avec curiosité comment on souffre quand on n'a rien lu, si c'est moins fort, moins profond quand on ne met sur le trou béant ni ses mots ni les mots des autres, apparemment ce n'était pas si différent, ça l'intéressait aussi de comprendre le chaos mental, car comment appeler autrement le désolant spectacle auquel elle venait d'assister, ce passage insensé du rire aux larmes, des injures à la prière, elle ne se souvenait de rien de semblable, le pauvre garçon, cela mis à part elle avait un itinéraire préféré, elle l'indiquait au chauffeur ; j'étais rencognée contre la vitre, la pauvre fille, pensait-elle sans une ombre de pitié sincère, la pauvre fille perd complètement pied.

Pendant que, dans ce taxi, ravagée de larmes qui ne coulaient pas, je regardais Paris — on entrait peu à peu sur ton terrain de chasse, ses restaurants éclairés, ses boutiques de luxe, ses cinémas, ses avenues chic —, tu m'envoyais par YouTube une vidéo de Louise Attaque, *Ton invitation*, j'ai accepté par erreur ton invitation j'ai dû me gourer dans l'heure j'ai dû me planter dans la saison… tu sais j'ai pas toute ma raison, si j'ai toujours raison, tu sais j'suis pas un mec sympa et j'merde tout ça tout ça, tu adorais le petit violon, sa mélancolie, Ruel me soufflait son plan pour la suite, un plan sans fioritures qui consistait en un silence définitif — je dis bien : dé-fi-ni-tif, tandis que je composais le message que j'allais t'adresser aussitôt rentrée, « Luc, ce n'est pas de sexe que je suis demandeuse, c'est de désir. Mais tu ignores ce que c'est : tu n'as pas de désir, ni de moi ni de rien. Tu as des rêves, ou des besoins, ce n'est pas pareil. Tu t'ennuies, c'est tout. Rien ne tient longtemps, et tu démolis tout ce qui pourrait tenir. Il y a eu quelques moments, malgré tout, entre toi et moi : je cherche à les retrouver, admettons, mais je ne suis pas de taille à lutter contre l'incommensurable ennui que t'inspire le monde assez vite. C'est ce qui m'angoisse — l'impuissance où je suis envers toi. Un jour, j'ai eu un enfant mort entre les bras, alors je sais ce qu'est l'impuissance, je ne ressuscite pas les morts. Restons-en là, donc. J'ignore pourquoi tu agis ainsi, pourquoi tu te fais haïr, pourquoi tu repousses ce que tu attires. Mais quoi que ce soit, on devrait avoir honte de se rendre si malheureux. Camille », Ruel trouvait ça long, inadapté, grotesque, je l'écrivais en écoutant sa chanson, tu sais j'suis pas un mec sympa et j'merde tout ça tout ça, tu sais j'ai pas confiance j'ai pas confiance en moi, tu sais j'ai pas d'espérances, je surlignais « restons-en là », *suppr*, je le remettais, je l'enlevais, j'appuyais sur Envoyer, tu me répondais presque aussitôt : « Je t'en prie, ne me lâche pas, car c'est en tombant que je mourrai », j'avais peur que ton ivresse te pousse au drame, que tu te supprimes comme on presse une touche, « Je ne peux pas te lâcher, c'est bien le problème », tapais-je, tu ne *veux* pas, corrigeait Ruel, tu es une sombre gourde avec un QI de shampouineuse à Villard-de-Lans, j'envoyais d'un clic, il est malheureux, répliquais-je, j'éprouvais son malheur dans mon corps, il m'étreignait comme s'il était mien, j'étais solidaire d'une souffrance intime qu'aucune avanie n'effaçait, la bête à mes yeux ne masquait pas l'ange, j'argumentais ainsi dans le vide, Ruel se taisait, il était très tard, elle en avait assez d'être mon esprit, quelle humiliation, assez de traîner le boulet de ma sentimentalité bouchée à l'émeri, je faisais honte à toutes les femmes, tu allumais une cigarette, « merci, mon amour, à demain, dors bien », concluais-tu, je me couchais avec un Stilnox, tu décapsulais une bière, tu battais la mesure, tu sais j'suis pas un mec sympa et j'merde tout ça tout ça, si tu veux on parle de toi si tu veux on parle de moi parlons de ta future vengeance, que t'auras toi sur moi, tu arrêtais net, tu aspirais longuement la fumée, ramenant la vieille douleur au poumon, tu mettais Guns N' Roses, l'image m'assaillait d'un homme suspendu dans le vide, retenu seulement de la chute par ma main autour de son poignet, le mot « lâche » flottait dans le ciel de mon rêve, tu avalais les deux derniers sushis, tu regardais qui était encore en ligne à cette heure avancée, sur Easyflirt il y avait des filles qui souriaient gorge déployée en secouant d'une main leurs cheveux d'or mais tu n'étais pas inscrit, alors tu remplissais le formulaire de nouveau membre, il fallait un pseudo, tu n'hésitais pas longtemps, deux minutes plus tard, mecsympa surfait sur la nuit en hurlant *Don't you cry tonight.*

Je n'écrivais pas, je ne pouvais pas. Je lisais *Quelque chose noir* à voix haute, n'importe quand dans la journée, comme on avale un anxiolytique. Ce sont des poèmes que Jacques Roubaud a écrits à la mort de sa femme, il travaille sa mort avec une langue sans pouvoir, et pourtant il le fait, il connaît l'enjeu, « quand ta mort sera finie, je serai mort ». Dans l'un des poèmes, il évoque la spirale dans laquelle il s'enfonce, de la vue à la voix, de l'odeur au goût, jusqu'au toucher : le fond du puits — « le toucher absolu du corps, la jouissance et la décomposition. » « Toutes stations, ajoute-t-il, que maintenant je descends en enfer, par le souvenir. » C'était la seule chose qui m'intéressait encore, ce trou dans lequel on se laisse descendre, foré à même la mémoire, ce moment où le mort saisit le vif, où le vif saisit le mort — la langue qui parvient à dire l'indicible, ce que le réel fait au corps qui la sécrète, la jouissance et la décomposition. Mais je manquais de force pour y descendre à nouveau, ou bien avais-je déjà touché le fond, oui, c'était ça, j'étais en bas, les mots n'arrivaient plus, je manquais d'eux et je jouissais de me défaire dans cette faille où j'étais crevure, déchet, chose inutile — quelqu'un avait coupé la corde, à qui je me croyais encordée, m'avait lâchée.

Luc est réapparu trois jours plus tard, tu es chez toi ? Je peux venir ? Il faut que je parle à quelqu'un. — À quelqu'un ou à moi ? ai-je dit. — Oui, bon, à toi, ne commence pas, c'est quoi ton adresse, déjà ?

Tu t'étais disputé avec ta mère. Tout était parti d'une prise de bec avec sa femme de ménage, Olenka, une Polonaise qui régnait sur le Presbytère depuis des années, un vrai tank. Tu étais passé la veille parce que tu avais envie de voir ta mère, et cette grosse truie d'Olenka avait balancé dans la cour une vieille paire de tennis à toi, que tu gardais là en cas de besoin, en protestant qu'elles empestaient, que tu pouvais les remporter sinon elle les jetterait au feu — tout cela dans un sabir franco-polonais piailleur. Le ton était si méprisant que tu avais vu rouge, tu l'avais écartée d'un geste et tu avais remis tes chaussures dans le placard, elle avait hurlé, tu l'avais poussée pas plus fort que ça mais elle était tombée, la garce l'avait sûrement fait exprès, elle braillait si fort que son mari, qui travaillait dans le jardin, était arrivé à la rescousse, tu t'étais battu avec lui, à un moment, c'est toujours pareil, disais-tu, il n'y a plus que de la violence en moi, il faut que je tape, finalement ta mère était intervenue, Luc, calme-toi, s'il te plaît, le couple infernal s'était retiré dans ses appartements, tu avais exigé que ta mère les renvoie, ils te traitaient comme un chien, oui ou non ? Tu étais son fils, et eux des employés, oui ou non ? Elle avait plaidé qu'ils lui étaient bien utiles, qu'ils lui tenaient compagnie aussi, ton père n'étant jamais là, et qu'après tout Olenka n'avait pas tort, tu puais avec tes vieilles godasses. Alors tu étais rentré chez toi, tu avais rédigé sur ton ordinateur un tract dont tu étais très content — tu me l'as tendu : « Janusz et Olenka, couple de Polonais clandestins, effectuent pour vous tous travaux au noir (ménage, jardinage, bricolage), 5 euros de l'heure. S'adresser à Martine Markovitch (06 84 26 19 27) ou à la paroisse Saint-Joseph, qui transmettra », et tu avais prévenu ta mère que si elle ne renvoyait pas ces Polonais avant la fin de la semaine, tu irais sur tous les marchés avoisinants distribuer ce tract, après tout elle violait la loi, ah on s'y connaissait en viols, dans la famille, dans la Sainte Famille ! Ta mère t'avait assez pratiqué pour savoir que tu ne bluffais pas, elle avait répondu : d'accord, je les renvoie puisque tu m'y contrains, mais toi aussi. Je ne veux plus te voir au Presbytère. La vieille carne, as-tu dit. — Je te fais un thé ? ai-je proposé. Je trouvais cette histoire pas bien grave, il est paranoïaque, diagnostiquais-je, écoute, ai-je dit, ce n'est pas bien grave, ces Polonais n'y sont pour… — Oui, parfaitement, la vieille carne ! Elle m'abandonne une fois de plus, elle me donne tort alors qu'elle devrait me protéger, elle me renie. Ah ! la bonne catholique ! La fervente croyante ! Et le pire, c'est le reste : mon père qui m'appelle de Varsovie ce matin, lui qui ne m'appelle jamais, « je vais t'envoyer les chars, si ça continue », il hurlait au téléphone. Et finalement Christian, mon frère, qui veut me faire interner, je suis un malade mental, d'après lui, il me faut la camisole de force, tout ça parce que Janusz l'aidait à retaper son appartement et que je le prive de son petit confort au black : tous des sales bourgeois qui ne pensent qu'à leur gueule.

Luc s'agitait de plus en plus, il marchait à grandes enjambées nerveuses dans l'appartement, le reniement, les chars, la délation, l'HP, tout ça pour une paire de godasses ? ai-je dit. Mais non, pas tout ça pour une paire de godasses, mademoiselle-je-sais-tout, a-t-il articulé calmement. Tout ça parce que mon frère m'a forcé à le sucer pendant des années, qu'il menaçait de me démolir le portrait si je ne le laissais pas m'enculer, même que le matin j'allais à l'école en serrant les fesses tellement j'avais peur que le sperme dégouline, tout ça parce que ma mère n'a rien vu et s'est obstinée à nous laisser dans la même chambre alors qu'il y avait toute la place au Presbytère, je me lavais les dents vingt fois, trente fois par jour et pas une fois elle ne m'a demandé pourquoi, la violence de Christian ne l'a jamais dérangée (à côté de celle de mon père, ça n'était rien), tout ça parce qu'elle avait lu dans un livre de psycho qu'il fallait laisser les garçons se débrouiller entre eux, bravo la psycho, MERCI, tout ça parce qu'elle m'a appelé Luc, alors j'étais prédestiné à me retrouver le cul à l'envers, tout ça parce que tu vis dans ton petit monde chic, que tu passes ton temps à faire tremper des fleurs bleues dans de l'eau de rose et que tu ne connais rien à la vraie vie, ce n'est pas vrai, ai-je protesté, moi aussi quand j'étais petite j'ai..., oui, je sais, a-t-il coupé, où donc ai-je vu ça ? Dans *Carnet de bal* ? Oui, forcément, c'est le seul que j'ai lu. C'est peut-être pour ça qu'on s'est trouvés... Mais toi, tu le racontes en deux ou trois lignes comme si c'était un détail, on l'oublierait presque, c'est n'importe quoi ! Moi, je me bats ! Je suis peut-être une merde, mais je suis un rebelle aussi ! Le grantécrivain ne s'attendait pas à ça, hein, a-t-il continué en montrant les tasses à thé intactes, à ce torrent de vie qui ne tient pas dans une porcelaine de Chine. Il a regardé par la fenêtre, oh, mince, les flics, il a ouvert, s'est penché par-dessus la balustrade, monsieur l'agent, s'il vous plaît, non, je descends tout de suite, soyez gentil, j'étais en train de faire l'amour, ça y est, c'est bon, j'ai joui, j'arrive. Tiens, m'a-t-il dit en tirant de sa sacoche un cahier à spirale, je l'ai acheté pour toi, mais tu ne dois t'en servir que pour moi, tu me le promets ? Je me demande pourquoi je te dis ça, d'ailleurs, tu es en panne sèche, si tu ne m'avais pas rencontré, à l'heure qu'il est tu serais pendue au réverbère. Prends un stylo et écris sur la première page, allez, oui, fais-le maintenant, j'ai choisi des spirales pour que tu puisses arracher les pages quand ce n'est pas la vérité, quand tu fais juste des phrases — il a mimé le geste d'arracher les ailes. J'ai ouvert le cahier, un gros cahier parce que ma vie est touffue, a-t-il dit, ou foutue ? et j'ai écrit sous sa dictée : JOURNAL DE TOI (la vraie vie).

La nuit, j'ai rêvé que j'avais dans la bouche et sur les lèvres une espèce de diarrhée verdâtre qui m'écœurait sans pour autant me révulser — j'avais juste du mal à l'avaler. Est-ce que c'était ça, la vraie vie : une vie de merde ? Je ne savais pas si Luc mentait, je pensais que non, sans en être sûre. Aurait-il inventé cette histoire pour me plaire, pour devenir ce qu'il m'accusait de vouloir tirer de lui : un Personnage ? C'était possible. Je l'avais entendu parler plusieurs fois à Christian au téléphone, il avait l'air en confiance. Faisait-il son intéressant comme il avait fait au début son indifférent ?

J'ai commencé le soir même à tenir son journal. J'ouvrais le cahier sans aucune volonté de littérature, c'était des bouts de dialogue en travers, les notations d'un rêve saisi la nuit en braille, les références d'une vidéo qu'il m'avait envoyée, d'une chanson qu'il aimait, d'une pub, quelques faits divers déchirés dans *Libé*, des potins people, une photo prise par lui dans *Closer*. On reconnaît aussi l'écriture de Ruel, c'est vrai : voir Freud page tant, lire Truc, éditions du Champ lacanien, cf. *Hamlet*... C'est à partir de là qu'elle a cessé de m'inciter à rompre et s'est plongée dans l'étude quasi clinique de notre histoire ; elle se la repassait comme un match de tennis en différé, avec l'attention professionnelle du joueur qui épluche chaque détail de la vidéo afin de tout comprendre de l'adversaire, de trouver ses failles. Son intérêt n'était pas dénué de fascination, et toute blindée qu'elle fût, il lui arrivait de rester béante, un peu comme quand elle regardait Sarkozy lire ses sms pendant l'audience avec le pape : on n'évitait pas, avant de réagir, un petit moment de pure sidération.

Ce Journal de lui, quand je le relis dans l'ordre des jours sédimentés, dessine des mouvements cycliques, comme des vagues qui montent puis se retirent, des marées. Car la réversibilité régnait, le chaud et le froid, le glacial et le brûlant soufflaient sans désemparer sur les sentiments, les idées, les mots. Aucune position n'était assurée, sinon de s'inverser bientôt en son contraire. Luc ne s'engageait dans rien sans s'en déprendre vite. Une phase heureuse ou dévastée pouvait durer plusieurs semaines, rythmée peu ou prou par l'herbe, l'alcool et l'abstinence, mais à l'intérieur de chacune d'elles, de microcycles, poupées russes, emboîtaient d'une minute à l'autre des fragments de désastre ou de joie, de présence ou d'absence, de fuite ou d'étreinte, de refus ou d'abandon. Plus tard, l'alternance sera moins régulière, le yo-yo se détend, le culbuto s'assagit, l'élastique ne se tend plus systématiquement jusqu'à la rupture, l'animal affolé, quand il a fait deux pas en avant, cœur en chamade, n'en fait plus qu'un en arrière, mais c'est beaucoup plus tard, à la date où le journal se pare de lapins en nœud pap dessinés au crayon, pour l'instant nous n'en sommes pas là. Pour l'instant, il dit qu'il arrive et il rentre chez lui, il se penche vers moi pour m'embrasser et bâille à plein gosier, il grille un feu devant les CRS alors qu'il m'accompagne à l'aéroport où je dois prendre un avion, il me laisse un message graveleux pendant les obsèques d'un de mes amis, il prend un étron en photo et me l'envoie en mms, il veut que j'achète un iPhone pour remplacer mon vieux mobile *out of fashion*, et devant mon refus obstiné demande au vendeur qui s'approche aimablement ce qu'il a comme modèles pour femmes mûres, il traite de dondon une copine d'Alice qui est anorexique, il hurle « fais-moi un café, sale pute » au matin d'une nuit très tendre ou bien il me conseille des exercices du périnée parce que bon, après deux enfants…, sur une belle édition de Baudelaire il pose un verre de punch qui laisse un cerne, il passe au téléphone la moitié du dîner dans le restaurant feutré où je l'ai invité pour son anniversaire, il cherche la scène qui déploiera le malentendu, le geste qui fera déborder le vase, la crise qui justifiera la rupture, avant l'excuse qui permettra de revenir, le cadeau d'attendrir, la parole d'émouvoir, il cherche sans discontinuer l'offense et le pardon.

J'y retrouve aussi, dans ce cahier, de purs fragments d'extase, des coquillages nacrés où l'on entend la mer les pieds dans les déchets, un trésor au fond de l'épave, du vivant tiré du naufrage, hého du bateau ! Une façon de me prendre dans ses bras avec une douceur d'effusion qui nous raccordait à l'oubli des injures, une ardeur tremblée qui faisait fusionner l'expérience et la timidité, *on dirait qu'on s'aimerait follement* ; une manière de rendre la vie poétique, d'attirer l'attention sur un gant d'enfant perdu dans la rue, un haricot vert tombé dans un bol de lait, une araignée qui se carapate sous le parquet, une trace d'urine sur le trottoir, et d'en broder tantôt l'histoire infime, tantôt le destin people — oh ! les fous rires, les rires fous à interpeller le voisin de table ébahi, au restaurant, sur la petite tache d'épinard au bas de sa cravate claire, à dire à la grosse dame devant la boulangerie qu'elle est coiffée comme son chien — c'était si vrai que le monde semblait éclairé par un autre soleil, *on serait sur notre petite planète.* Et puis l'art de jouer sur les mots, peut-être cultivé pour me plaire mais raffiné dans la cornue de l'enfance, l'aisance à créer des comptines, à tramer des bouts-rimés, à brailler des refrains sortis de rien, à ouvrager le quotidien, à l'aérer, dentelle. J'étais toujours étonnée et ravie, arrachée à moi-même quand se dévoilait rien que pour mes yeux comme à travers un ajour la politesse du barbare, la finesse du sauvage, l'humanité de l'animal, l'originalité des choses. J'étais avec lui dans une caverne obscure et soudain il me montrait d'un mot, d'un geste, le rai de lumière par où nous allions sortir de là, au moins respirer un peu : au fond de la mort où il aimait nous embarquer, on tombait sans s'écraser jamais, il tapait du pied pour remonter, comme le *Club des Cinq* il avait le plan de la vie, il connaissait les passages secrets, *on dirait qu'on serait immortels*, comme Gribouille il se sauvait tout seul de la noyade en se tirant lui-même par les cheveux, et moi accrochée à ses basques. L'enfance était son art : quand il l'exerçait, tout était neuf, étonnant, nouveau. Aimer, se promener, jouer, parler — on n'était plus usé, désabusé, malade, amer —, on n'avait jamais rien fait de tout ça, on naissait novice, l'amour, le jeu, les mots, c'était chaque fois la première fois, *on dirait qu'on serait roi et reine.*

Et puis le cycle reprenait, tout basculait. Souvent je pensais à lui comme au *Chef-d'œuvre inconnu* de Balzac, cette nouvelle dans laquelle un peintre, à force de retoucher son tableau, transforme un portrait magnifique en une croûte affreuse, où l'on ne voit plus la beauté du modèle qu'à un bout de pied nu émergeant du chaos — « mais un pied délicieux, un pied vivant ! » —, où l'on ne mesure plus l'extraordinaire talent de l'artiste qu'à ce fragment échappé du désastre et de la destruction. Luc était à la fois l'artiste et l'œuvre : il s'acharnait à détruire en lui tout ce qu'il pouvait produire de lumineux, de transparent, de pur, le transformant sans cesse en chromo épais et grossier. Ses efforts changeaient la finesse en lourdeur, en pâté la nuance et en rien le beau. Il mettait à s'anéantir tout l'art qu'il avait déployé l'instant d'avant pour être aimable, pour être aimé, il n'y avait pas de transition, il ne réfléchissait pas, le pinceau qui dessinait quelquefois si gracieusement sa vie, il le maniait soudain comme une truelle, écrasait sa délicatesse sous les pets et les rots, se tartinait d'injures, il en tenait une couche, tout d'un coup, salopait les sentiments à grand renfort d'insanités lancées à tout-va, mortier glauque où s'embourbait jusqu'au souvenir du bonheur, le maître de la demi-teinte était redevenu maçon et ne savait plus faire que ça, du gâchis, je le regardais tout bousiller, on pataugeait dans le torchis, ça y allait, il s'y connaissait, il avait ça dans le sang, c'était du boulot de Polonais. Qu'est-ce qui subsistait de lui à mes yeux, trace de qui fut prince et charmant, dans ce tableau raté qu'il achevait sans cesse comme on achève un cheval ? Son épaule, peut-être, où une tête pouvait venir se poser — chose impossible qui se matérialisait alors dans un fragment de beauté : se reposer sur lui un instant, être épaulée. Ou bien sa bouche, lieu de la langue, langue du baiser et langue commune où se jouait notre lien, que défaisaient sans cesse le silence et l'absence.

Quelques jours plus tard, Luc m'a envoyé par YouTube *L'Aigle noir*. Objet : tu savais que Barbara avait été violée par son père ? Je l'ai appelé peu après, quelle chanson magnifique, ai-je dit. Oui, c'est chouette — il est chouette, cet aigle, a-t-il éludé. J'ai envie de te voir, a-t-il dit, j'ai envie qu'on sorte. Qu'est-ce qu'il y a au cinéma ? Depuis notre rencontre, nous n'étions allés qu'une fois au cinéma, voir un film d'action dans lequel tout était excessif, la vitesse des voitures, la rapidité du montage, le débit des acteurs, le volume de la bande-son, j'en étais sortie à vif, lui comme reposé. Je l'ai laissé choisir. OK, ma petite chérite, je vais regarder sur Allociné... Là, je suis sur Obispo, j'espère que ce con-là ne va pas encore appeler les flics, il a l'habitude de casser du pap et j'ai l'impression qu'il m'a repéré. Bon, sauf incident je passe te prendre vers 19 heures. Salut, je t'aime.

À 19 h 20, j'ai laissé un message sur ton portable, qu'est-ce qu'on va voir comme film ? Tu préfères qu'on se retrouve sur place ? À 19 h 35, où es-tu ? Rappelle-moi. À 19 h 50, on va manquer la séance de 20 heures. Sur chaque sonnerie, tu élevais un peu la voix en espérant que Vanessa — elle avait abandonné son pseudo de Cerise, ce que tu trouvais dommage, Vanessa faisant craindre trop d'évanescence, lui disais-tu d'un ton enjôleur, un bras sur le dossier de la chaise en rotin où elle était assise dans le café trop chic à ton goût mais près de chez elle où elle t'avait donné rendez-vous —, en espérant que Vanessa, donc, était un peu dure d'oreille. Qu'est-ce qui se passe ? demandait mon sms, que tu consultais pendant qu'elle était aux toilettes, tu n'avais pas le temps de me répondre (quoi ?), Vanessa revenait, tu mettais sur mode Silence, constatant avec un bref sentiment de malaise qu'il était déjà 20 heures, tu n'as pas faim ? demandais-tu à Vanessa qui s'était repassé du rouge à lèvres. À vingt et une heures, je laissais un dernier message, rassure-moi, au moins, tu n'es pas chez les flics ?, Vanessa était comme toi, elle était brouillée avec sa mère, elle t'en racontait les causes en détail, est-ce qu'elle avait envie d'être mère un jour à son tour, malgré tout ? coupais-tu adroitement, oui oui, bien sûr, dès qu'elle aurait trouvé le père, c'est ton jour de chance, disais-tu, et tu réclamais l'addition, je regardais d'un œil *Les Experts Miami* tandis que Ruel, pour soulager mon angoisse déjà coupée au couteau, s'intéressait aux paroles de *L'Aigle noir*. À une heure, tu m'envoyais un sms : « Tt va bn », qu'est-ce que tu fais ? demandait langoureusement Vanessa qui avait le sommeil léger, je rassure ma copine, répondais-tu, on devait se voir ce soir, je ne voudrais pas qu'elle passe la nuit sans dormir, parce que tu as une copine ? bredouillait Vanessa soudain menacée d'insomnie.

Le lendemain, on a sonné, j'ai ouvert, c'était une immense orchidée blanche au bout d'un bras dressé, Luc était dessous tête baissée, un genou sur le paillasson comme s'il attendait d'être adoubé, le pied coincé dans la porte au cas où, j'ai pris Obispo en chasse vers 19 heures et ce con-là est allé jusqu'en Belgique et je n'ai pas voulu lâcher le scoop et je ne pouvais pas t'appeler tout en conduisant et quand finalement j'ai pu le réseau ne fonctionnait pas le satellite est naze au-delà de la frontière cette fleur est notre amour si tu l'arroses elle tiendra très très longtemps sinon ce sera fini mais j'ai pris celle qui dure l'éternité le fleuriste me l'a promis est-ce que je peux entrer, a-t-il dit en quittant l'accent belge, j'ai mal à la rotule.

Il a posé l'orchidée sur la table de la cuisine, s'est approché, a essayé de me prendre dans ses bras, s'est assis, OK d'accord j'étais avec une fille je pensais juste prendre un verre et puis de fil en aiguille je suis rentré dans le chas enfin dans la chatte non je blague bref j'ai pas vu passer l'heure mais toi tu as fait pareil l'autre jour tu m'as abandonné oui l'autre soir t'es allée au théâtre ou je ne sais où alors que d'habitude on se voit le samedi tu m'as laissé tomber comme une merde on oublie il ne s'est rien passé c'est toi que j'aime je suis heureux avec toi dis-moi tout ce que tu veux dis-moi que tu ne veux plus que je revoie cette fille je l'appelle devant toi si tu veux donne-moi des ordres donne-moi un châtiment tu veux que je te fasse des crêpes que je repeigne ta salle de bains que je me coupe les couilles que je descende la poubelle bon tu fais la tête tu ne m'aimes plus alors je m'en vais adieu je t'aime je vais me jeter dans la Seine adieu Cruella, mais qu'est-ce que tu fabriques, a-t-il demandé, une main sur la rampe de l'escalier, tu n'as pas lu le script : là tu dois me dire de revenir, c'est écrit là, a-t-il dit en me toquant le front, c'est écrit « Reviens ». Au moment où, entendant du bruit en bas, j'hésitais à le faire rentrer, le caddie écossais de Mme Pouldu est apparu à l'angle des marches, suivi de sa conductrice dont l'œil, une fraction de seconde, a évalué le tee-shirt taché et les cheveux en bataille de mon visiteur, l'ascenseur est encore en panne, a-t-elle dit à mon adresse, c'est fatigant. Moi aussi je suis crevé, a dit Luc aimablement en s'effaçant pour la laisser passer, j'ai trop baisé cette nuit.

Je crois qu'il a un problème avec les limites, a dit Ruel à l'intention de Simone assise dans l'angle mort du divan, son carnet sur les genoux — un léger problème. J'ai un problèèème, je sens bien que je t'êêêêême, ai-je enchaîné, mais Ruel a tout de suite repris le contrôle, les limites, c'est bien simple, soit il les ignore constamment, soit il les dépasse ou les déplace, il ne respecte rien, il se fout complètement des lois, l'amour est enfant de Bohêêême, il n'a jamais jamais connu de loi, ai-je encore siffloté entre mes dents, mais je sentais que Ruel n'y tenait plus, elle en avait assez de mes émotions, du vibrato de ma voix, elle voulait la place, et qu'on s'éloigne un peu du bord des larmes.

Au début, il y a un certain temps déjà, bien avant de rencontrer Luc, c'était surtout moi qui venais voir Simone, Ruel intervenait très peu, elle me laissait me souvenir, pleurer, souffrir, en un sens elle imitait Simone, qui se contente le plus souvent de me tendre la boîte de mouchoirs avec un sourire neutre et bienveillant — Simone, pour autant que je comprends sa stratégie, s'efforce de figurer pour moi une bonne mère, une mère suffisamment bonne, attentive sans être envahissante, compatissante sans être intrusive ; elle est secourue et entravée dans cette tâche funambule par le fait que ma mère elle-même s'appelle Simone et qu'elles ont la même coupe de cheveux — c'est curieux, le hasard. Mais au fil des mois, Ruel s'est mise de la partie : dès le début de chaque séance ou presque, elle a commencé à occuper l'espace et à accaparer la parole ; cette substitution n'a sans doute pas échappé à Simone, n'importe qui s'en serait rendu compte rien qu'à voir la raideur des bras et des jambes sur le couvre-lit multicolore, moi quand je m'allonge je mets un bras derrière ma tête, je me laisse un peu aller ; elle, on aurait dit un garde-à-vous, fixe ! à l'horizontale. Simone, assez étrangement, a permis à Ruel de déployer ses analyses raffinées, ses conclusions sentencieuses et autres ratiocinations, c'est à peine si quelquefois elle réorientait la conversation pour me ramener dans le circuit, alors je rappliquais en reniflant, je me mouchais deux minutes, puis Ruel reprenait le crachoir. Plus surprenant encore, Simone a autorisé Ruel à parler très longuement non plus de mes déboires avec Luc, comme je l'avais surabondamment fait jusque-là, mais de Luc lui-même, de sa personnalité, de sa psychologie, de ses faits et gestes, et même de sa mère (elle devait en avoir par-dessus la tête de la mienne, supposais-je avec un peu d'amertume). En tout cas, dès que Ruel a eu évalué les difficultés dans lesquelles me plongeait cette relation anxiogène avec Luc, ayant sans doute estimé que l'ironie seule n'en viendrait pas à bout, que c'était plus sérieux, elle s'est mise à lire des ouvrages de psychanalyse ou de sociologie, à surfer sur des sites spécialisés, à comparer différentes pathologies, elle a entrepris de chatter régulièrement sur des forums, de recouper divers témoignages, de les commenter jusqu'à la décortication, oui, disait Simone d'un air entendu, oui, oui — à se demander si elle ne faisait pas un contre-transfert massif sur Ruel ou visait une nouvelle recrue pour la Cause lacanienne.

— Il n'a pas de limites, pas de refoulement. On dirait qu'il balance tout ce qui lui passe par la tête, qu'il teste jusqu'où il peut aller — toujours trop loin : il dépasse sans arrêt la ligne jaune comme s'il voulait qu'on le jette. Il se plaint d'être abandonné, d'être nul, mais il fait tout pour l'être. En même temps, on dirait qu'il attend que quelqu'un l'arrête, que quelqu'un pose un cadre, que quelqu'un dise stop — tout ce que n'a pas fait sa *maman*, comme il dit, tout ce... — Mais vous n'êtes pas sa maman, a affirmé Simone. Non, ai-je concédé en détricotant d'un doigt entortillé la housse du coussin jaune. Mais je suis si bouleversée par ce qu'il m'a raconté de son passé, sa douleur me touche. Ce n'est pas sa faute s'il est comme ça, méchant.

— Méchant, a dit Simone, la voix comme suspendue à mon chevrotement. — Oui, méchant, ai-je répété, parfois il est très méchant…

— Évidemment, a enchaîné Ruel d'un ton docte, l'inceste explique bien des traits de son comportement. Nous sommes dans une société incestuelle, où les limites deviennent floues, où les repères s'effacent et où les pères s'écrasent, ah ah, comme le dit Lacan, dans quel séminaire, déjà ?, « c'est le règne de l'enfant généralisé », on nage dans le régime maternel, on est en pleine régression, pérorait-elle. D'ailleurs, le plus souvent Luc semble fixé au stade anal, toutes ces histoires d'étrons, de pipi caca, ça l'amuse comme s'il avait cinq ans, il pète, il rote comme un nourrisson après la tétée… — Il est dans le renvoi, a résumé Simone. — Il dit qu'il n'est jamais resté longtemps avec une femme, qu'au bout de trois jours elle pique une crise, ou lui ! Mais comment rester ? On se sent constamment agressée, méprisée, humiliée. Sauf par moments — des parenthèses enchantées. Cet homme est totalement clivé… Il n'aime personne, de toute façon : à part sa mère, peut-être. Il a l'air encore plus déséquilibré depuis qu'elle l'a renvoyé, elle aussi, quoiqu'il l'ait bien cherché, il est comme au bord du vide… — C'est le bord d'elle, a conclu Simone, oui, c'est le bordel, a repris Ruel avec le petit rire de connivence de la fille qui tient le manche, tandis que je me levais et laissais un billet sur la table, bonne poire.

Ainsi, de séance en séance, Ruel a installé son

campement, elle a pris ses quartiers sur le divan de Simone — ce n'était plus un divan, c'était un lit double, je me poussais contre le mur en soupirant. Simone elle-même, remarquai-je à plusieurs reprises, favorisait cette intrusion en laissant bien en vue sur son bureau telle revue de psychanalyse, tel ouvrage ancien ou récent que Ruel s'empressait d'acquérir sitôt dehors après en avoir photographié l'air de rien le moindre détail, auteur, titre, éditeur, couverture, pour nous en bassiner dès la séance suivante, blessure narcissique, lien anaclitique, stade anal… C'est ainsi que j'ai entendu parler pour la première fois d'un trouble de la personnalité dont j'employais pourtant souvent le nom, mais pour tout et rien : *borderline* — état limite. Au début, Ruel lisait des ouvrages accessibles, destinés à alerter le grand public sur ces « nouvelles pathologies », cette « perversion ordinaire » qui touchait de plus en plus de gens depuis que Dieu était mort en nous abandonnant : l'autre n'existait plus, on vivait « ensemble sans autrui » en quête de jouissances rapides, de consommation outrancière, de marchandisation mondialisée, dont notre Président était en quelque sorte, avec ses Rolex et son remariage express, l'athlète-VRP démocratiquement élu au suffrage universel. Puis elle s'est attaquée à des textes plus trapus, s'échinant soir après soir sur le jargon abstrus de lacaniens purs et durs, qui constataient la déchéance du Symbolique au profit de l'Imaginaire, la généralisation perverse de « la mèreversion » au détriment de la Métaphore paternelle — elle a fini par en connaître un rayon sur « les non-dupes errent ». Je sais bien que Ruel, par cet excès de documentation et cette exaspération de connaissance, n'avait en vue que le développement de ma clairvoyance et donc la conservation de ma santé mentale : pour elle, la lucidité est la mort bienheureuse du cœur, comprendre évite de souffrir, et elle ne voit jamais d'un mauvais œil la perspective de décaper l'amour de ses couches écaillées de connerie. N'empêche qu'elle m'énervait, dans ces moments-là, on aurait dit Charcot dirigeant la présentation des malades à la Pitié-Salpêtrière — et que je te fais aller et venir le zinzin comme un mannequin sur un podium, et que je te fais remarquer tel détail du corps ou du discours, et que je te décortique l'âme du fêlé, le symptôme du braque, le destin du maboul, et que je t'évalue les chances d'évolution favorable, les traitements possibles — quelle faucille pour les marteaux, quelle glu pour les fêlés, quelle épée sur la tête à Toto — et que je te commente du haut de la terrasse les ravages de la société postmoderne sur le gars qu'a un pet à l'entonnoir et les filles qui sont folles de lui, folles à lier.

L'un des samedis suivants, j'ai invité Luc au Théâtre de la Ville. J'avais un abonnement, et plusieurs fois j'avais pensé, en regardant le spectacle, qu'il aurait aimé, que la danse contemporaine était la forme d'art la plus propre à le toucher, que ce langage violent, sensuel, railleur, rageur, il le comprendrait, que c'était le sien. Je regrettais qu'il n'ait pas vu Meg Stuart, par exemple, les corps dansaient le traumatisme et le désastre, mais sans donner prise au destin, c'était des circulations de flux en lutte contre la norme et le temps, un théâtre d'identités frontalières où j'avais presque cru le voir lui-même, silhouette nomade en apesanteur, j'en avais eu les larmes aux yeux, j'éprouvais son absence comme une perte dont je souffrais pour lui, quelque chose aurait pu le combler et il l'avait manqué, dans le noir de la salle je retrouvais cette souffrance spéciale que j'ai connue autrefois, quand j'enseignais dans des collèges de banlieue, tel élève serait heureux par tel livre, pensais-je, mais il ne le lisait pas, et j'étais impuissante à lui en donner l'envie, il s'en foutait, il ne savait pas ce qu'il perdait, il n'avait pas idée de cette joie, à la fin je n'en pouvais plus de mes classes, je m'évertuais en vain, j'étais là, grosse fatigue, tête d'enterrement, je portais le deuil de leur désir.

J'ai appelé le jour même, j'avais deux places — s'il voulait venir… Et, peut-être pour éviter qu'il ne me pose un nouveau lapin, c'est le 7 février aujourd'hui, ai-je dit, c'est l'anniversaire de Philippe. — Philippe ? C'est qui, encore, celui-là ? — C'est le bébé que j'ai perdu. Il aurait quinz… — Ah ! oui, excuse, j'avais oublié. Et à moi, quand est-ce que tu me donnes un fils avec tes vieux ovaires fatigués ? Tu pourrais demander des hormones à ta gynéco… il y a des techniques, tu pourrais te renseigner… si tu m'aimais, bien sûr… Bon, c'est quoi, ce truc ?

C'était Maguy Marin. J'avais adoré son précédent spectacle, j'y étais même allée deux fois. C'est une chorégraphe très controversée, ai-je dit, moi j'aime beaucoup. Mais ça peut aussi être nul, c'est un abonnement, j'ai déjà vu le meilleur et le pire…

Luc est arrivé à l'heure chez moi, j'ai insisté pour qu'on ne prenne pas sa voiture, qu'on y aille à pied, c'était à vingt minutes à peine, il a cédé, mais cette perspective semblait l'effrayer. Tout de suite, il m'a enlacé les épaules. Il s'appuyait sur moi comme un estropié sur sa béquille, mêlant de si près sa jambe à la mienne que nous avancions cahin-caha, ballet désaxé, macadam dancers. Il m'a retenue devant le théâtre jusqu'à la sonnerie, tirant nerveusement sur une cigarette, puis m'a entraînée dans un coin du foyer, près des hautes baies vitrées, cherchant baisers et mots d'amour tandis que le public se pressait vers l'intérieur de la salle, sa peur me transperçait, j'étais la mère qui rassure son petit garçon dans les coulisses d'une scène effrayante où il va bien falloir qu'il entre. Tu es déjà allé au théâtre ? ai-je dit à mi-chemin de la question et de l'évidence, comme j'aurais dit : tu as déjà fait du vélo, ou, pensais-je encore, l'angoisse à la gorge, tandis que nous nous décidions à monter dans les gradins de l'arène et nous y installions, ou plutôt comme j'aurais dit, saisie d'un doute absurde : tu as déjà marché dans la rue ?

Le noir s'est fait dans la salle comble. Pour la première fois j'ai ressenti la violence de l'instant — yeux fixes trouant l'obscurité, respirations multiples, toux discordantes. Luc tenait sa main crispée sur la mienne, et par cette étreinte je sentais tout son corps tendu, corde sensible.

Les interprètes se sont avancés sur la scène à tour de rôle en déclamant du Lucrèce en latin ou dans une autre langue. On entendait pendant dix minutes un passage du *De natura rerum* en allemand, puis le même ou un autre en portugais, puis en français mais avec un tel accent espagnol qu'on ne captait qu'un mot sur trois, c'est le texte lui-même qui est la musique, expliquait un connaisseur à sa voisine, juste derrière nous, ah d'accord, opinait-elle, mais où est la danse ? chuchotait Luc à mon oreille, ça, c'est de la danse ? — je ne trouvais rien à répondre, quelques spectateurs riaient ostensiblement, poussaient des huées ou des bravos ironiques, quittaient lourdement leur rangée de rats morts. C'est un beau texte, pourtant, le *De natura*, l'année où j'attendais Philippe, justement, il était au programme, je l'ai étudié avec mes élèves de prépa dans les mois qui ont précédé sa naissance, *ce n'est rien que la mort, elle ne nous touche aucunement. Quand nous cesserons d'exister, rien, absolument rien, à cette heure où nous ne serons plus, ne sera capable de nous atteindre et d'émouvoir nos cœurs, quand bien même la terre se confondrait avec la mer, la mer avec le ciel. Il n'y a donc rien de redoutable dans la mort. Aucun malheur ne peut atteindre celui qui n'est plus. Il ne diffère en rien de ce qu'il serait s'il n'était jamais né… Pourquoi entretenir un deuil qui nous consume, alors que tout se réduit au sommeil et au repos ?* Je me souvenais aussi du passage sur les atomes crochus, par lesquels Lucrèce explique l'amour, cette passion fatale — *car savent-ils ce qu'ils désirent, ces insensés… Ils souffrent d'une blessure secrète et inconnaissable.* Mais là, dans le vaste théâtre, le charme n'opérait pas, ça ânonnait, et les jeux de lumière ne suffisaient pas à pallier le manque de chair. Luc m'a secoué le bras, on s'en va, a-t-il dit d'un ton si anxieux que je l'ai suivi, c'est bientôt fini, ai-je hasardé, il doit rester dix minutes à peine, mais il descendait déjà les gradins, une main derrière lui comme pour me retenir en cas de chute dans la pénombre, j'allais lentement, repliée sur mon sac à main, tête baissée parmi la masse épaisse du public, troupeau de buffles de part et d'autre, j'aurais voulu disparaître. Luc m'a attendue au bas des marches — Orphée, son dos aveugle —, je l'ai rejoint et me suis engagée la première, d'un pas soulagé, dans la coursive qui menait à la sortie. Arrivée à la porte, une main sur le battant, je me suis retournée.

D'un bond agile, tu montes sur le plateau et tu t'avances dans la lumière de l'avant-scène, *suave mari magno*, tu t'étires de toute ta taille, bras arrondis au-dessus de ta tête et tu fais des pointes sur le bout de tes tennis, *turbantibus aequora ventis,* on dirait Jacques Chazot en tutu dans *Le Lac des cygnes,* mais tu ne sais pas qui c'est, tu n'étais même pas né, je te vois comme de l'autre côté d'une vitre, comme dans un train qui s'en irait, où déjà tu m'oublies, la rampe éclaire la frontière d'un continent inconnu où je ne peux pas te rejoindre, Eurydice flouée je me pétrifie, nous n'appartenons plus au même monde, tu lèves une jambe, tu bats des mains comme des cils, la salle sourit, elle croit que tu fais partie du spectacle, qu'enfin l'humour prend le dessus, Ruel a rappliqué dès le début, Orphée a coulé une bielle, à ce qu'il semble, alors elle s'active avec la philosophie du bord, *nihil dulcius est,* elle combat ma soudaine solitude à grandes gorgées d'épicurisme mâtiné de zazen, *rien n'est plus doux que d'occuper les hauts lieux fortifiés par la pensée des sages, ces régions sereines d'où s'aperçoit au loin le reste des hommes, qui errent çà et là en cherchant au hasard le chemin de la vie,* elle me bourre de mots jusqu'à la gueule tandis que deux hommes — danseurs ? techniciens de la régie ? — se précipitent sur toi et te plaquent au sol, tu te débats, tu balances un bras dans le torse ennemi, tu échappes, tu te relèves, tu sautilles ici et là, on te poursuit, Ruel retient mon cri, ne pouvant me garder dans la langue, elle cherche à faire de mon crâne un bol vide, une coquille de non-pensée, une feuille de lotus portée par le rien, « tire-toi, connard, tu as compris, casse-toi », crie un autre assaillant,

« j'ai dansé, je veux être payé », réponds-tu, ta voix est joyeuse, je pousse la porte, je descends l'escalier du grand hall, saluée par deux pompiers débonnaires, tu arrives derrière moi, à peine essoufflé, alors on s'enfuit, dis-tu, on se désolidarise, je continue à descendre sans répondre, tête baissée, on fait comme si on ne me connaissait pas, on me laisse tout seul, prendre les risques tout seul. — C'est toi qui me laisses toute seule, ai-je dit. — Tu m'en veux parce que tu as peur qu'on t'ait reconnue, toi, la grande romancière, avec un pauvre dingue. Quelle trouillarde ! Tout en parlant, il gambadait, s'étirait avec volupté. — Non, je t'en veux parce que c'était l'anniversaire de Philippe aujourd'hui et que… — Philippe ??? Qui c'… ah ! oui, ton… Quel rapport ? Waouoh, a-t-il continué sans attendre ma réponse, quelle sensation géniale ! Quelle soirée ! Et l'autre qui se prend pour Sarkozy, « tire-toi, connard » ! Il a esquissé d'autres pas de danse sous les réverbères du Châtelet. — Et si les types avaient été plus agressifs, et si vous vous étiez battus sur scène, et si tu avais été blessé, et si la police t'avait embarqué, quelle soirée ! J'avais peut-être envie d'un peu de douceur, d'un peu de recueillement, moi, si tu peux penser deux secondes à moi, bien sûr. Si tu peux penser deux secondes tout court… Il est resté silencieux un moment. — Qu'est-ce que j'ai fait, finalement ? a-t-il dit. J'ai juste rejoué le jour de l'accouchement : j'arrive au monde (je monte sur scène), et des méchants m'empêchent de vivre ma vie, de dire « J'existe ». C'est ça, ton angoisse, rien d'autre. Donc je te sers de cathar, comment, de… — Catharsis. — Oui. Je te sers de catharsis. Et c'est gratuit, en plus. Bye-bye le psy. Merci qui ? — Arrête… Tu aurais bien besoin de voir un psy, justement : c'est du narcissisme pur, ce que tu viens de faire, de l'exhibitionnisme, c'est « regardez-moi, je suis la vedette ». Tu veux juste ton quart d'heure de célébrité. — Peut-être, a-t-il dit, touché. Mais c'est aussi « Mort aux intellos qui s'engraissent avec les subventions de l'État pour nous montrer de la merde ». Je suis narcissique et anarchiste, je suis anarcissique.

On marchait au hasard dans Paris. Je me taisais. La peur, le sentiment d'insécurité, d'impuissance et d'abandon que je venais d'éprouver étaient les mêmes qu'à la naissance de Philippe, c'était vrai : le passage à l'acte, la pulsion provoquaient en moi la même terreur qu'autrefois : on basculait dans la mort, c'est-à-dire dans ce qu'on ne maîtrise plus, qui n'a plus de grammaire, plus de syntaxe, dans ce qui n'a plus de mots. On passait une ligne invisible, au-delà de laquelle il n'y avait rien. — Et puis d'ailleurs, a repris Luc, pourquoi tu crois que je fais tout ça ? Pense aux belles pages que tu vas écrire grâce à moi, un vrai morceau de bravoure… Quoi ? Trois ? Quatre pages, au moins, non ? Et j'aurai même pas un pourcentage, rapiate comme tu es.

On se quittait en bas de chez moi, vas-y, écris tout maintenant, me recommandais-tu, ne laisse pas fuir la sensation…, ni la haine, risquais-tu en la scrutant dans mes yeux, change ton stress, lalala, en express, lalalère, en expression, improvisais-tu. Tu montais dans ta voiture sans même retirer du pare-brise les deux contraventions qui s'y trouvaient, tu t'en débarrasserais un peu plus loin en deux allers-retours d'essuie-glace. Tu rentrais chez toi à cent à l'heure pour rattraper tes souvenirs tant qu'ils étaient vivants, la sensation, tu savais qu'elle ne durait pas, qu'elle se décomposait vite, cadavre dans les oubliettes de la mémoire physique, tu voulais en jouir encore. Tu arrivais dans ton appartement, tu te roulais un joint et tu t'allongeais sur ton matelas, yeux fermés, le pouls battant d'images : Tu t'élances sur la scène. Tu agis sans l'avoir décidé, tu le décides à l'instant même où tu le fais. Le visage pétrifié de la danseuse la plus proche ne t'arrête pas, ni la conscience presque effacée de ma présence, rien ne t'arrête — tu es photographe, tu le sais, l'arrêt, c'est l'arrêt de mort. Te voilà sous les feux de la rampe, sous le rayon de mille paires d'yeux spectateurs. Tu ne trembles pas, tu es comme rempli de leur attention, de leur surprise, tu les tiens autant qu'ils te tiennent. Tu lèves les bras en demi-cercle au-dessus de ta tête, et là, ça se produit : tu montes au ciel ; depuis la plante des pieds jusqu'au sommet du crâne, tu sens le geyser du plaisir te transpercer, vidant tout l'intérieur de ton corps, qu'il rend coton, vapeur, nuage, désintégrant toute dureté, toute identité, toute forme, tu t'élèves, ton assomption est explosion, ton extase est disparition, tu t'envoles et te volatilises, tu es Jésus Marie le Saint-Esprit, tu domines tu planes tu règnes, waouh !

Ainsi la nuit pour toi s'écoulait. Le lendemain, tu serais dépité de lire des critiques sur les blogs : certains internautes te félicitaient, toi qui avais interrompu cette vaste fumisterie, mais d'autres, plus nombreux, fustigeaient ton manque de respect. Libre à toi de ne pas aimer, mais tu aurais pu tout simplement quitter la salle sans déranger personne… Tu serais stupéfait de découvrir que ce texte débile était d'un auteur latin célèbre, et sidéré d'apprendre qu'une petite fille de dix ans avait pleuré quand les lumières s'étaient rallumées à cause de toi, tant le spectacle la captivait. Mais en attendant, tapi dans la nuit noire tu fumes jusqu'au délire et tu jouis de ton triomphe : un jour, tu seras le roi du monde, du moins les rois viendront-ils te manger dans la main, on te demandera ton avis sur tout, tu seras chargé d'organiser la sécurité des États, tu inventeras un système de surveillance, chaque habitant portera au revers de sa veste ou de son chemisier une minicaméra indestructible qui permettra de filmer en live toutes les exactions, depuis les pots-de-vin qu'on ne pourra plus passer sous la table puisque tous les dessous seront visibles, jusqu'aux viols et aux meurtres, mais aussi les paysages, les beautés fugitives, les événements extraordinaires, tout ce qu'on ne voyait pas, on le verra, tout ce qu'on ne savait pas, on le saura, tout communiquera, tout se recoupera, on ne pourra plus mentir, l'image dira tout, on n'osera plus faillir, abuser, détruire, car rien n'échappera à ta sagesse, tu feras régner sur la terre comme au ciel une paix sans limites, ta maman sera fière de toi, tu seras plus connu que le Christ.

De retour chez moi, je n'ai pas suivi les conseils de Luc, je n'ai pas écrit la scène. Au grand dam de Ruel, je me suis couchée roulée en boule autour d'une angoisse sans mots. Dans le *Journal de toi*, il n'y a rien à la date du 7 février. Quelques jours plus tôt : mariage de Sarkozy et de Carla Bruni. Le lendemain, rêve : je récupère à l'Élysée un brouillon de lettre d'amour, je le lis avec avidité, je le cache contre ma poitrine : comment passer avec ce document volé sans être arrêtée par les gardes du corps ? Est-ce toi, l'être d'amour, mais raté, raturé — ou bien Philippe ? Est-ce là ce que je dois écrire — ce ratage, le recopier au propre : lis tes ratures ?

Luc s'imaginait qu'après chaque rendez-vous avec lui j'extrayais la sève du réel en longues phrases travaillées, mais non : pendant plus d'un an après la rupture avec mon éditeur, je n'ai pas écrit — pas une ligne, je ne pouvais pas. Je m'installais à ma table, je jetais des mots, je balançais des phrases qui faisaient un bruit de sac-poubelle, ça tombait dans le vide, ça basculait dans l'oreille d'un sourd, écrit vain. Plus d'adresse, je n'avais plus d'adresse, plus personne à qui raconter l'histoire, personne qui joue le jeu, je n'habitais plus la langue puisque je n'avais plus de *maison*, je ne faisais plus partie de la maison, il n'y avait plus personne à l'adresse indiquée, plus de nom, j'étais renvoyée au silence, retour à l'envoyeur, utilisateur bloqué, expéditeur indésirable, vous n'avez aucun nouveau message — j'étais libérée de toutes mes obligations, même celle d'écrire, surtout celle d'écrire. Le 14 février, j'ai reçu un colis de Georges, dont j'étais sans nouvelles depuis son mail vengeur de septembre ; il m'envoyait avec sa carte de visite vierge de tout mot le livre de V., *Meurs.* V. s'était suicidé en octobre, quelques jours après avoir remis à Georges le manuscrit de ce texte. J'aimais beaucoup V., la dernière fois que je l'avais vu, juste avant l'été, on avait joué longuement avec un système de morphing qui déforme les visages, soudain devant l'écran de l'ordinateur on était quelqu'un d'autre, un monstre où pourtant l'on se reconnaissait comme dans un miroir. Quand j'ai ouvert le paquet, libellé de la main même de Georges, le titre m'a sauté aux yeux, impérieux, impératif : meurs. Depuis « l'affaire » je ne recevais plus aucun livre de « la maison ». Pourquoi celui-là — et le jour de la Saint-Valentin ? Charmante attention, a dit Ruel, à qui la perversité fait toujours reprendre du poil de la bête. Te voilà libérée aussi de l'obligation de vivre. C'est cadeau ! Je n'ai pas répondu. Force m'était de constater que la douleur était intacte. Pour me changer les idées, j'ai appelé Luc (tu t'es payé un *tour opera-*

tor, tu visites Charybde et Scylla ? a demandé Ruel). — Ah ! Ma petite Came, s'est-il exclamé, ça va ? J'allais t'appeler. Tu as bien dormite ? — Non, pas très bien. — Tu m'accompagnes à Saint-Jean-de-Luz demain ? MAM fait un débat pour les municipales, je vais aller foutre le bordel, lui demander des comptes sur le *Bugaled Breizh*, j'ai rédigé un tract, et une lettre à Nicolas sarkozy, tiens je te les envoie. — Je ne peux pas t'accompagner demain, ai-je dit. Tu sais bien que j'ai ma fille et que… — Je sais surtout que je ne peux pas compter sur toi. Ça ne fait rien, j'ai l'habitude, j'irai seul, de toute façon ça peut être dangereux. — En fait, je voulais sav… — Tu as acheté *Closer* ? Les photos de Carla avec son coach, c'est moi ! Ça va payer, ça. Heureusement, parce que j'en ai chié. Elles courent vite, les poulettes. Mais toujours sexy. En voilà une qui se muscle le périnée, en tout cas ! — Qu'est-ce que tu… — Eh, mais c'est la Saint-Valentin aujourd'hui ? c'est qui, d'ailleurs, ce gars-là ? Est-ce qu'on peut s'y vouer ? Je l'ai entendu cliquer, puis il m'a lu pendant cinq minutes à voix haute l'article de Wikipédia sur Valentin et les lupercales. — Oui, ai-je dit quand il a eu fini, je me souviens, j'avais fait un article là-dessus pour *Le Figaro* il y a quelques années, il faudrait que je le retrouve, c'était drôle, ça se terminait par… — Alors, voyons… Monceau Fleurs… Boutiflore… — Allô ? Luc ? — Ah ! voilà : *livraisons par Interflora, pour voir notre choix, cliquer ici.* — Hou ! hou !, Luc, je te parle ! — Oh la la, c'est beau ! On ne sait plus quoi prendre… Les roses rouges, c'est toujours le mieux, non ? Qu'est-ce que tu en penses, ma chérite ? — Je ne sais pas, ai-je minaudé, soudain émue. Les roses rouges parlent d'amour, bien sûr. Au bout du fil, en même temps je souriais : il n'y avait vraiment que Luc pour montrer une telle maladresse ; bientôt, il allait me demander de commander moi-même mon bouquet de Saint-Valentin ! — Bon bon, des roses rouges, c'est bien. Alors… Nom et adresse de livraison : Safira, 65 rue Barbet-de-Jouy, chouette adresse, barbet de jouy, mais pas barbée de jouir, je suis sûr, soixante-quinze zéro zéro sept, allô ? — … — Allô, tu es toujours là ? Je ne t'écoutais pas, excuse-moi, je suis en train d'envoyer des fleurs à Safira, tu sais, la finaliste de *Classe de star*, la beurette superbe, elle m'a offert une paparazzade la semaine dernière, ça sort lundi à la une de *Voici*, alors je la remercie, c'est normal. Allô ? Tu ris ? Pourquoi tu ris ? — Je ris, a dit Ruel qui m'avait arraché le combiné avant que ma voix ne s'étrangle, je ris parce que tu dis « c'est normal » : dans ta bouche, la phrase est marrante. — Je suis fou ? a-t-il demandé d'une voix changée, c'est ce que tu insinues ? Je te hais ! Et il a raccroché en disant « adieu ». — … j'avais fait un article là-dessus pour *Le Figaro* il y a quelques années, ai-je continué en moi-même, c'était drôle, ça se terminait par : « La fête des amoureux, la Saint-Valentin ? Ce ne serait pas plutôt la Saint-Glinglin ? »

Tu m'as rappelée le lendemain, tu sortais du poste de police de Saint-Jean-de-Luz, les gardes du corps de MAM t'avaient éjecté de la salle après que tu lui avais demandé pourquoi elle ne déclassifiait pas les documents secrets sur les mouvements des sous-marins le jour du naufrage du *Bugaled Breizh*, elle t'avait reconnu, « je vous reconnais, avait-elle dit d'une voix sévère, vous êtes paparazzi, vous m'avez déjà interpellée l'autre jour devant RTL », cela te ravissait, MAM m'a reconnu, répétais-tu, MAM m'a reconnu. — MAM a reconnu PAP, ai-je dit, pas fâchée de griller d'instinct la priorité à Sigmund-Ruel dont j'avais emprunté le ton à la fois ironique et pédant. C'est ce que tu voulais, non ? — MAMan et PAPa ! Joliii, as-tu sifflé. Alors, tu crois que je cherche juste à harceler ma mère ? Oui oui oui. En plus, elle est belle, notre ministresse. Quand elle m'a chassé, j'ai senti un petit frisson érotique. — Tu devrais en parler à un ps... — Bon, dis donc, ma camelote, je vais exploser mon forfait, là... Tu ne pourrais pas m'envoyer un petit mandat, j'ai perdu mon billet de train et je suis interdit bancaire, tu sais bien. — Laisse tomber tes interprétations, la psychanalyse ne les intéresse pas, s'est insinuée Ruel, pressée de recycler tout ce qu'elle avait lu et de faire disparaître l'individu singulier auquel j'étais inexplicablement attachée dans la masse plurielle, confuse et déliquescente de la société contemporaine. D'ailleurs, ça ne marcherait pas : il n'y a plus guère de transfert possible, plus de soumission à la Loi ; ils ont toujours un inconscient, seulement maintenant ils s'en foutent. Demande-toi plutôt pourquoi tu es toujours avec cet homme qui te coupe sans cesse la parole, pourquoi tu te laisses faire, pourquoi tu supportes sans mot dire l'insupportable. Ce sera plus intéressant. Ruel avait sûrement raison, elle se trompe rarement ; mais je marchais d'un bon pas vers la poste pour arriver avant la fermeture, alors je n'ai pas répondu.

Luc a rappelé huit jours plus tard (ou toi le surlendemain, rectifie Ruel qui se pique d'avoir de la mémoire), excuse-moi, je ne sais pas de quoi, je ne sais pas ce que j'ai fait, mais excuse-moi. — Pourquoi t'excuses-tu, si tu ne sais pas pourquoi ? — Mais parce que je te dis ce que tu veux entendre, a-t-il gémi. Je te dis : excuse-moi, je te dis : Je suis un salaud, je te dis même : je t'aime, si tu veux, je te dis tout ce que tu veux, je ne peux pas mieux te dire !!! Attends, ne raccroche pas. Je ne sais pas si c'est de l'amour, je ne sais pas ce que j'éprouve, je crois que je suis incapable d'aimer ; mais chaque fois que je te quitte, j'ai envie de te revoir, d'entendre ta voix. Tu es ma Shéhérazade. — Tu parles ! ai-je répliqué (Ruel m'avait briefée à mort) : c'est rare que tu me laisses finir une phrase, tu n'as… — Mais n'importe quoi ! Tout ce que tu dis m'intéresse, ce que tu fais, ce que tu vis, tout ! — Ce que je vis ? Mais tu ne sais même pas que j'ai une vie ! Tu te sers de moi, je fais bien dans le décor, c'est tout. Si tu... — Je suis arrivé en bas de chez toi, petit chou, a-t-il dit. Je monte.

Il ne savait pas que j'avais une vie, il ne connaissait ni la vraie ni la fausse, guère plus Camille que Laurence, l'idée de lire mes livres lui était peut-être venue, mais pas le désir. Il voulait seulement m'intéresser à la sienne, capturer mon attention, ma curiosité, mon envie d'écrire. Après sa confidence brutale, nous n'en avions pas reparlé, et nous n'en reparlerions guère, sinon par raccrocs reprisés d'une pirouette, ou bien au travers de chansons — *L'Aigle noir*, mais aussi *SOS d'un terrien en détresse*, de Balavoine, des tubes de son adolescence ou des hits récents. J'aimais cette manière qu'il avait de faire passer dans leurs paroles, avec un à-propos singulier, l'émotion qui menaçait de l'envahir en submergeant tout. Sa mémoire des chansons était connectée à ses chagrins intimes, et le simple fait de les entendre dépliait le passé — lieux, temps, joies et douleurs qu'elles traduisaient pour lui, pour lui éviter de s'ébouler. Chaque air, chaque mot semblait le protéger de l'emphase et de la destruction. Souvent, au milieu d'une phrase et quelle que soit l'heure, il s'interrompait et mettait une chanson, qui venait là comme une partie du discours, un fragment d'explication, une ponctuation personnelle. Quand je l'interrogeais ou que je hasardais un commentaire, « je veux seulement que tu sois là », disait-il en tirant la couverture jusqu'aux yeux. Ainsi se sont déroulées de nombreuses nuits, moi sultane rivée au clou de la présence, lui conteur voué à me raconter sa jeunesse, épopée fantaisiste de délits, de rencontres et de frasques — cette nuit-là, puis d'autres, mille et une nuits à me raconter ses quatre cents coups sans répondre aux questions que je n'osais pas poser, dont le secret viendrait par bribes, d'autres journées ; mille et une nuits à me transporter dans son passé sur le tapis volant de sa voix, d'abord en guettant mes réactions, puis sans s'occuper de savoir si j'écoutais, si je dormais, si je suivais, très vite il est arrivé à ce moment où l'on se passe d'un public, où l'aventure du récit nous tient tout seul en haleine, où l'auditoire est notre mémoire.

Tu étais un enfant plutôt timide, cadet coincé entre un aîné jaloux et un benjamin capricieux. Pendant quatre ans, ton frère Christian avait régné en seul maître sur des parents qui avaient eu beaucoup de mal à l'avoir, ta mère commençait même à se penser stérile. Tu avais été conçu en Pologne lors d'une visite à ta famille paternelle, tu aimais déjà les voyages, mais tu étais né à Paris. Victor était arrivé sept ans plus tard, tu n'avais pas beaucoup joué avec lui, la différence d'âge était trop grande. Tu étais très gentil, c'est du moins ce que disait ta mère, « j'étais très gentil, c'est du moins ce que dit ma maman », expliquais-tu dans le noir de ma chambre, cette nuit où tu voulais voir l'aube se lever, tu avais débarqué inopinément, il était

3 heures, je tombais de sommeil et j'allais le lendemain dans un collège de Seine-Saint-Denis animer un atelier d'écriture, Ruel soupirait son agacement d'entendre un grand gaillard de trente-cinq ans dire « ma maman », surtout couché nu auprès d'une femme nue, mais tu ne t'apercevais de rien. Tout avait commencé à se déglinguer en sixième, *quand soudain, semblant crever le ciel, et venant de nulle part, surgit un aigle noir,* tu t'étais mis à faire l'école buissonnière, tu escaladais le mur du gymnase et tu restais dans la forêt autour de chez toi, tu guettais ta mère qui travaillait à une traduction, tu la voyais derrière la fenêtre du bureau. Sur tes bulletins, les profs écrivaient que tu gênais les autres, que tu perturbais la classe, Mme Lebrun, qui t'aimait bien, avait noté : « Luc ne peut pas dire une chose intelligente sans sortir une ânerie aussitôt après », ce qui, d'après toi, résumait assez bien ta vie, non ? Oui, admettais-je. Pute, salope, disais-tu. Les punitions pleuvaient comme vache qui pisse, tu passais ton temps dans le bureau du directeur, quand tu étais renvoyé tu tapais des balles contre le mur de tennis, ou bien tu lançais par-dessus le mur du collège des oisillons dénichés dans les arbres. Ton père s'absentait de plus en plus souvent, ta mère te faisait rentrer les leçons de russe à coups de cahier sur la tête, mais tu n'obéissais à rien, tu n'écoutais pas, Mme Lebrun t'enlevait un point chaque fois que tu faisais une faute d'orthographe à ton nom, quand tu parlais, souvent tu

bégayais, aussi préférais-tu regarder en silence, épier tes parents, « je peaufinais ma future vocation », as-tu dit. Ne sachant plus quoi faire, on t'avait envoyé un an en Grande-Bretagne, où tu avais au moins appris l'anglais, puis dans différents internats de la région parisienne, qui ne t'avaient jamais gardé plus de quelques mois. Tu revenais tous les week-ends au Presbytère, où tu retrouvais ta maman et tes frères, ainsi que tes grands-parents maternels — non, ce n'était pas Amaury Troyon, ta grand-mère avait divorcé après guerre pour épouser Charles, un ami d'enfance que tout le monde appelait Charlot, et qui avait fini par adopter ta mère ; Amaury Troyon n'avait pas du tout apprécié, il s'était remarié plusieurs fois ensuite, négligeant délibérément cette souche première de sa famille, montrant peu d'intérêt pour vous, les rejetons issus de cette branche, d'amour encore moins, si bien qu'il était toujours resté pour toi l'Écrivain avec un grand E, c'est-à-dire ? demandais-je, c'est-à-dire quelqu'un qui sacrifie les gens à lui-même.

Après ton bac, que tu avais passé en candidat libre et obtenu on se demande comment (en carottant pas mal), tu avais traîné quelque temps. C'est l'époque où chaque fois que tu voulais bouger, ta mère refusant que tu passes le permis avant de prendre un peu de plomb dans la cervelle, tu volais une voiture. Tu avais bien dû en voler deux ou trois cents, tu étais passé maître dans l'art de mettre les fils en contact, ou de démarrer à la barbe du gars qui sort du tabac, son paquet de clopes à la main, n'avait qu'à pas laisser tourner le moteur. Quand ta mère te croyait au cours de commerce international où tu l'avais laissée t'inscrire histoire de dire, tu bourlinguais de-ci de-là, tu avais une préférence pour les Mercedes — ta maman n'en avait jamais rien su, non, elle l'apprendrait peut-être un jour en lisant le roman que je ne manquerais pas d'écrire sur ton cas quand j'en aurais eu fait le tour, « car qu'est-ce que je suis d'autre qu'un cas, pour toi ? » disais-tu, et tu reprenais ton récit, un peu anxieux que ta maman découvre bientôt qui tu étais vraiment. Une fois, en hiver, tu étais descendu jusqu'au Lavandou, où tes grands-parents possédaient une maison, tu leur avais pris la clef discrètement en même temps qu'un tube de Valium, elle était à cinquante mètres de la mer, entourée d'un jardin d'eucalyptus et de mimosas, *comme avant, dans mes rêves d'enfant, comme avant, sur un nuage blanc,* tu y avais été heureux petit et tu comptais bien y mourir. Tu avais rentré dans le garage le cabriolet que tu avais piqué à Lyon, mais tu n'étais pas resté dans la maison obscure et froide. Tu t'étais introduit dans toutes celles des alentours, vides à cette époque de l'année, qu'est-ce que tu voulais voler, rien, tu ne volais pas, tu « visitais » — oh, un peu d'alcool, d'accord, et tous les médocs que tu trouvais dans les armoires à pharmacie, tu te concoctais des cocktails détonants qui te laissaient hagard pour la nuit, mais ce que tu voulais, toi, c'était seulement être…, tu réfléchissais, « être ailleurs ? » hasardais-je pour montrer que je t'écoutais, mais non, pas être ailleurs, j'ai toujours été ailleurs, disais-tu avec irritation, non : être un autre, juste avoir la sensation d'être un autre, de vivre une autre vie. Juste ne pas être moi. *Et je cours je me raccroche à la vie je me soûle avec le bruit des corps qui m'entourent comme des lianes nouées de tresses sans comprendre la détresse des mots que j'envoie.* Un soir, en remontant vers Paris à bord d'une voiture volée, tu avais pris des auto-stoppeurs. Les premières minutes, l'ambiance était bon enfant, puis un silence compact s'était installé à mesure que tu appuyais sur l'accélérateur. Ce n'était pas vraiment pour leur faire peur, mais leur peur ne t'avait pas déplu, fugitivement tu avais joui de ton pouvoir autant que de la vitesse. Quand le virage était arrivé, tu avais su que tu ne pourrais pas le négocier et tu avais tout lâché, mourir n'était pas très important pour toi, et les autres, tu les avais déjà oubliés. La voiture avait fait plusieurs tonneaux dans le ravin avant de s'immobiliser sur le flanc. Vous étiez sortis tous les trois de l'habitacle en rampant. L'obscurité n'était pas encore complète. L'un des auto-stoppeurs s'était relevé, mais l'autre avait été pris de tremblements spasmodiques, et ses yeux étaient blancs. Tu avais crié au rescapé que tu allais chercher du secours, tu étais parti en courant et tu n'étais pas revenu.

La première nuit, Luc m'a raconté qu'il avait acheté les journaux locaux du lendemain et du surlendemain — il ne voulait pas me dire où, car j'étais bien capable de le répéter tel quel dans le roman sur lui que je te finirais bien par boucler malgré ma fainéantise, bordel de merde, et il n'y avait peut-être pas prescription, il n'en savait rien, pour l'inceste non plus, il ne savait pas s'il pouvait encore porter plainte, de toute façon Christian était mineur lui aussi au moment des faits, viol de mineur par mineur, ça existait ? et entre frères, en plus ! sa maman et les bouquins de psycho appelaient sûrement ça des jeux d'enfants, des jeux d'enfants qui ont dérapé, ça pour déraper il avait dérapé, l'accident était relaté en deux lignes plus axées sur le vol du véhicule que sur la santé du passager, c'était probablement une crise d'épilepsie, on n'en mourait pas ; une autre nuit, il a suggéré que les deux auto-stoppeurs avaient été inculpés du vol et incarcérés ; peu après, il m'a dit que repassant un an plus tard dans cette ville, il avait envoyé sa copine d'alors consulter aux archives les journaux de l'époque, car il se demandait si le type qui tremblait si fort était mort, ça lui trottait dans la tête depuis un an, mais elle n'avait rien trouvé. Si mes calculs sont exacts, nous voilà à la troisième version de l'épisode, ai-je remarqué, laquelle est la bonne ? Luc a sauté du lit pour pianoter sur mon ordinateur, la voix de Bashung m'a attrapée aux cheveux, malgré mes protestations il a ouvert la fenêtre, les rideaux flottaient dans la lumière des réverbères, on est restés silencieux, gisants tout ouïe qui regardent au plafond des images invisibles, *on m'a vu dans le Vercors sauter à l'élastique voleur d'amphores au fond des criques J'ai fait la cour à des murènes j'ai fait l'amour j'ai fait le mort la nuit je mens je prends des trains à travers la plaine la nuit je mens je m'en lave les mains j'ai dans les bottes des montagnes de questions où subsiste encore ton écho* il s'est tourné vers moi, m'a entourée de ses bras, tu t'en fous, a-t-il lancé, c'est un roman que tu écris, non ? — Faux jeton, ai-je dit. Je ne l'écris pas, de toute façon, je n'y arrive pas, je suis complètement bloquée. — Pourquoi ? — Toutes ces histoires, le changement d'éditeur, une sorte de menace intérieure… Et puis tu es là (j'ai fait le geste de lui peindre le bout du nez) : c'est difficile d'écrire sur le motif ! — Tu es un traînasson, surtout ! — En fait, c'est difficile d'écrire tout court : on veut être au plus près de la vérité, et elle échappe toujours. Surtout quand on fait le portrait de quelqu'un… — Tu as peur ? — Oui. Je voudrais que ce soit un beau livre, un livre juste. J'ai peur de le rater. — Oh ! tu sais, a-t-il dit tristement, n'aie pas peur : si tu le rates, ce sera tout à fait moi.

À bout de forces, tes parents avaient pensé que l'armée te materait peut-être, et employé tout leur entregent pour te faire entrer chez les chasseurs alpins — chasseurs alpins, chasseurs de lapins, as-tu dit en imitant du plat de la main la tarte du régiment, c'est depuis ce temps-là que tu es le spécialiste des lapins, ai-je noté. Tu devais rester un an et demi, au bout de six mois tu avais été convoqué à l'état-major, on n'avait jamais vu ça dans le régiment, un cas qui ne pouvait pas se régler sur place. Ton capitaine t'avait conduit en voiture de Grenoble à Lyon où le général en chef t'avait interrogé sur tes orientations politiques, étais-tu objecteur de conscience, à quelle mouvance appartenais-tu, tu venais d'une bonne famille, pourtant. Tu étais assis au bord du siège qu'on t'avait désigné, un peu embêté du souci qu'on avait de toi, objecteur de conscience, quèsaco ? Pourquoi donc avais-tu balancé ton lit par la fenêtre, enfonçant le toit d'un camion militaire ? Versé de la poudre à canon dans le potage ? Tiré, lors des exercices, dans la direction opposée à la cible ? Pénétré par une minuscule lucarne, en te contorsionnant, dans la salle des munitions, où l'on t'avait retrouvé défoncé, en train de jouer à la roulette russe ? Bricolé en une heure le système de verrouillage du mitard, de sorte que ni ta cellule ni aucune des trois autres ne fermaient plus, et qu'on avait été obligé de te remettre, hilare, avec les autres ? Allumé des feux de branchages par temps de grand vent ? Poussé à la fugue la chambrée tout entière, qui avait fait le mur jusqu'à l'estaminet du coin ? Chanté au sergent alerté qui hurlait à tout le monde de rentrer à la caserne « tiens, voilà du boudin » et réussi à mutiner une dizaine de camarades qui n'étaient rentrés que le lendemain, ivres morts et prêts à aller au trou sans regrets, anéantissant ainsi pour longtemps l'autorité hiérarchique ? Pourquoi, oui, pourquoi ? Tu avais regardé le général avec des yeux simples et sincères, c'était juste pour le fun, avais-tu dit, juste pour rire, avais-tu traduit. — Vous avez fait trois mois de mitard, avait constaté le général. Toutes vos permissions ont été supprimées. Vous n'avez donc pas de petite amie ? Non, tu n'avais pas de petite amie, seulement un frère, qui n'avait jamais eu besoin de permission, lui, pour… Tu t'es relevé, tu as allumé une cigarette, avalé un cachet et, tout en parlant, tu as surfé sur le net. — Vous êtes le genre de gars qui n'a rien à perdre, avait supputé le général. Pas même la vie. C'est votre force, avait-il philosophé. Vous venez d'une bonne famille, pourtant, avait-il répété. Oui, une bonne famille chrétienne. Bien sous tous rapports — tous rapports sexuels, m'as-tu dit. *It's late at night and the world is asleep. I'm trying not to think. I take some pills cuz my mind bleeds.* Tu avais été réformé sur-le-champ pour troubles mentaux, « un diagnostic bidon », as-tu précisé, ton chef t'avait amené gare Perrache, tes affaires avaient été empaquetées à ton insu, elles étaient dans le coffre de la voiture, tu n'avais jamais revu tes camarades — sauf un sur Trombinoscope.com vingt ans après, il se souvenait de toi, et comment ! La star du 3e bataillon ! Ce rendez-vous avec le général t'avait déçu, et ce renvoi à la sauvette t'avait blessé. Tu n'avais même pas été réprimandé, comme si on t'avait jugé irresponsable. Toi, tu voulais bien répondre de tes actes, au contraire — répondre n'importe quoi de préférence ! Étais-tu vraiment fou ? Tu te l'étais demandé un instant, dans le train qui te ramenait chez toi. *I'm thinking what is wrong with me. I try to disconnect my heart again just so I can breathe.* Tu étais triste, tu regrettais la caserne : au fond, tu y avais été libre et heureux, même serré la moitié du temps entre les quatre murs d'une cellule. Tu y avais été charismatique, inventif et surtout, surtout, incontrôlable, totalement *out of control.* Dans ce lieu de soumission par excellence, personne n'avait pu t'arrêter, t'entraver, te contraindre, tu avais fait ce que tu voulais, quand tu voulais : c'était par défaut ta définition du bonheur. La vie, tu n'y tenais pas trop, c'était vrai. Mais le bonheur, si. Tu aimais bien le bonheur. Et tu l'avais perdu. Perte affreuse, dont le Valium heureusement te faisait perdre le souvenir en déconnectant ton cœur.

L'aube s'est levée sur son sommeil. « Je ne suis pas fou », avaient été ses dernières paroles, presque comminatoires, en haut du toboggan des dormeurs. Ne fais pas de moi un fou, s'était-il inquiété un peu plus tôt, montre que je suis un héros, un type avec une vie incroyable, qui n'a peur de rien, que rien ne peut atteindre. Les gens ont besoin de rêves, avait-il expliqué avant de plonger dans les siens, qui ressemblaient à des cauchemars, « je passe », gémissait-il au plus fort de la nuit, « je passe », criait-il — quel cap, quel col, quel Rubicon, quelle douane, quelles bornes, pour quel record, quelle fuite, quel excès, quel échec, ou quel trépas, je ne savais pas. J'ai laissé Alice devant son collège et je suis allée dans le mien, celui où j'animais durant quelques mois un atelier d'écriture. La distance géographique entre les deux établissements était grande, mais bien moindre que l'abîme entre les espérances. Dans les couloirs, garçons et filles se tenaient séparés, l'injure à la bouche : c'est ce que je vis, me disais-je. J'habite maintenant ce monde où « pute », « salope » sont des apostrophes ordinaires, qu'on n'entend même plus. La violence me sautait au visage, et je n'étais plus si sûre, soudain, dans mon rapport avec Luc, de pouvoir la supporter sans la cautionner, ni l'affronter sans en mourir. Je venais dans ce collège témoigner de ce que la littérature était l'apprentissage d'autrui et donnait du sens à la vie ? Quelle imposture ! Mais non, a dit Ruel, ça va aller, tu vas voir, ça va te faire du bien.

Ce matin-là, par groupes de deux, les élèves devaient choisir un mot et en faire le noyau sonore ou sémantique d'un texte bref, suivant les consignes que nous avions déjà vues. Je passais d'un binôme à l'autre, ils avaient choisi Violence, Mal, Respect, Amour, Penalty, le mal vient souvent des mâles, respect, c'est : reste en paix, amour pas mort. Ce garçon-là était tout seul, je ne suis pas pair, m'a-t-il expliqué, il s'appelait Vincent, il avait choisi Invincible. Au milieu de sa feuille blanche il avait écrit : Je suis invincible. Il m'a demandé si c'était une phrase, j'ai dit que oui, mais qu'il fallait en trouver d'autres — dans « invincible » il y a « cible », ai-je ajouté devant son air perdu. Ou « Vincent », presque, qui a la même origine, regarde dans le dictionnaire. J'ai fini mon tour, puis je suis revenue vers lui. Il n'avait rien écrit de plus. Il était tassé sur sa chaise, paumes tournées vers le plafond, dos voûté, comme recroquevillé à l'intérieur de cette phrase qui le protégeait de tout, de moi, « mais, m'a-t-il dit comme j'insistais, en plongeant dans les miens ses yeux rebutés, mais qu'est-ce qu'on peut dire d'autre ? Je suis invincible. C'est tout. Je suis invincible. Je-suis-in-vin-cible ».

À peine revenu de l'armée, tu n'avais eu de cesse de repartir. Dans un vieux Renault abandonné par ton père, tu avais construit un four à pizza en brique réfractaire — réfractaire, ha ha, c'était bien le moins — et aménagé un espace où dormir. Le matin de ton départ, tu avais fabriqué ta première pizza, que seules ta mère et ta grand-mère avaient goûtée, ton père ayant décidé inopinément d'emmener tes frères déjeuner à la pizzeria voisine. Ils ne t'avaient donc pas dit au revoir, seules ta mère et ta grand-mère, leurs mains s'agitant comme des mouchoirs, s'étaient amenuisées dans le rétroviseur. Ils pensaient tous que tu reviendrais au bout d'un mois, piteux et sans le sou, tu étais parti deux ans. Tu étais allé à Vienne, puis à Budapest, où tu avais installé ton commerce en face du Tilos A, la boîte underground dans laquelle avait joué Frank Zappa, tu étais passé en Ukraine, puis en Russie, tu avais vécu plusieurs mois à Moscou en t'initiant à l'héroïne, tu y avais appris la recette du thé au pavot et attrapé une hépatite, tu étais reparti vers Kiev, Samara, tu avais fait de la prison pour vol à Tachkent, ton projet était d'aller jusqu'en Thaïlande pour te trouver « un maître » — un maître à penser ? ai-je dit, mais non, bêta, un maître de karaté, hélas tu avais été stoppé à la frontière chinoise, où le bakchich pour une fois n'avait pas suffi. Et partout, tu avais initié les indigènes à la gastronomie italienne — la plupart n'avaient jamais mangé de pizza de leur vie, ni vu un feu brûler à l'intérieur d'un camion, les affaires marchaient d'enfer, nonobstant les bouts de pâte calcinée que tu retrouvais parfois sur ton pare-brise, balancés par des grincheux à l'estomac sensible, et les amendes que tu payais pour stationnement illicite ou dégradation de bien public — et comment aurais-tu alimenté ce brasier sans les panneaux de signalisation en bois peint que tu y enfournais dans un épais nuage de fumées toxiques, hein ?! Et partout tu trouvais des hôtes pour te loger, des filles que séduisait ta beauté délinquante, des gars avides d'Occident, des junkies cherchant des camarades de défonce, des mafieux intéressés par ton camion, des

journalistes que ta bourlingue fascinait — e
Hongrie, une équipe de télévision avait même tourné un reportage sur toi, il faudrait que tu me le montres un jour, « mes débuts dans le show-biz », m'as-tu dit. Tu n'étais jamais resté nulle part plus de quelques semaines, surtout ne pas s'attacher, toujours s'arracher avant — avant les sentiments, avant les chaînes, avant le chagrin —, sitôt parti, tu oubliais, ta mémoire n'encadrait pas plus de regrets que n'en pouvait circonscrire ta vitre arrière. Tu n'as pas changé, ai-je constaté. Non, as-tu dit. Tu aimais toujours ce genre de vie, ces rencontres brèves où quelque chose de l'autre s'épuise intensément comme un verre qu'on boit d'une gorgée, ces étreintes où c'est du présent qu'on jouit, ces soirs où l'on refait le monde que la nuit défera, tu en cherchais la sensation éventée dans les étrangers que tu recevais maintenant via des sites d'hébergement, ils te traversaient sans t'occuper ou t'occupaient sans t'envahir, c'était bon de savoir qu'ils s'en iraient bientôt sans retour, tu redoutais non moins l'intrusion que la solitude, tu craignais d'être affamé autant que dévoré, tu voulais des contacts sans emprise, des liens sans nœuds, une éternité sans lendemain. Dans le camion du hasard que même revenu en France tu n'avais jamais cessé de conduire, tu n'admettais que des gens qui allaient bientôt en descendre sans barguigner, à bord de ta vie tu voulais seulement des passagers, *fugitive kind*, des amis qui seraient partis

demain en emportant leur visage et leur nom, près de toi c'était la seule place libre, la place du mort.

En réalité, c'est le contraire, a péroré Ruel tandis que je reniflais : la veille, Luc était arrivé soûl chez moi, t'es qui, je ne me souviens plus de ton nom, m'avait-il répété avant de s'écrouler sur mon canapé où il avait passé la nuit à zapper tandis que je ruminais ma soirée ratée — un récital exceptionnel de cantates de Bach auquel Jacques m'avait invitée et que j'avais décommandé au dernier moment, il n'avait pas du tout apprécié, Ruel non plus. En réalité, c'est le contraire, a-t-elle repris : ce qu'il voudrait passionnément, c'est garder quelqu'un avec lui pour toujours, fusionner. Mais comme il a le souvenir (sauvage ou mélancolique, jamais oublié) du moment où il faut se séparer, où on ne peut pas faire autrement, il l'anticipe, il le suscite, il le provoque, oui, c'est ça : un provocateur, c'est ce qu'il est, un provocateur de sa propre ruine, un stimulateur de rien. Il ne fuit pas le rapport avec autrui, pas exactement : il cherche l'absence de rapport qui suivra. Tout ce qui pourrait marcher, il le paralyse, tout ce qui pourrait s'épanouir, il l'étouffe, tout ce qui pourrait demeurer, il le chasse. Il trahit tout — sa parole, ses amis, ses proches. Ses proches ? Il n'a ni proches ni prochain, il n'est fidèle à rien, qu'à son malheur. Il entraîne les autres dans sa chute, mais sans le vouloir, sans le décider, comme dans cet accident qu'il a raconté : s'il a tué quelqu'un, il ne l'a pas fait exprès. Il n'a pas de volonté de nuire aux autres, simplement il n'y pense pas. La place du mort, c'est la sienne. On peut comprendre qu'il veuille y échapper : il fuit en avant, il bouge tout le temps, il déplace la frontière du néant. Il passe, oui, il ne fait que passer, il outrepasse, il passe outre, il outrage sans cesse, rien ne l'arrête. Seulement, à un moment, ça va trop loin, ça devient fou : comme dit Lacan, « passé les bornes, il y a la limite », j'adore cette phrase, a cru bon d'ajouter Ruel, toujours un peu fayote sur le divan de Simone. — Mais en même temps, c'est assez beau, cette liberté, cette frénésie de liberté, non ? ai-je plaidé. Il cherche le désir, il cherche la vie, il les cherche follement, peut-être, mais enfin il les cherche. « La folie ramène sur le terrain universel de la lutte des hommes », comme dit Winnicott (et toc !). — Tout est relatif, a concédé Ruel, pas très inspirée. « Folie » ne veut pas dire grand-chose. La vraie question, d'ailleurs, a-t-elle insinué, ce n'est pas sa folie à lui (suivez mon regard…). Je n'ai rien répondu, ses points de suspension sont restés suspendus bêtement au plafond, le temps qu'elle retrouve les grandes lignes de l'article qu'elle avait lu la veille dans *Canal Lacan* sur le masochisme féminin. Puis, au moment où Simone, guère plus inspirée, disait : oui, j'ai repris la parole. — Le mot « folie » vient du latin *follem*, « ballon ». Donc le mot convient parfaitement. Un fou, c'est quelqu'un qui va de-ci, de-là, qui n'est pas arrimé. Comme Luc. — Justement, a enchaîné Ruel, le poing aussi crispé sur le pompon du coussin en crochet que si elle tenait le filin d'une montgolfière, justement c'est « l'homme sans gravité » dont parle Charles Melman (et pan !) : un type qui se laisse guider par l'instinct, toujours en quête de jouissances immédiates qui se valent toutes, sexe, drogue, vitesse, alcool, et d'excès qui le lassent, un homme à la fois perpétuel excité et éternel frustré, sans repères, sans pensée nette, errant sans but, sans cadre, sans feu ni lieu, sans foi ni loi, un ballon, oui, toujours prêt à se dégonfler, à tomber au fond du trou ou à changer de direction, à se désorienter. Pas fou à enfermer, non, mais fou à lier, fou qui cherche et fuit le lien, que rien ne relie que la religion des choses. Il n'y a plus de sacré, plus de respect, plus de valeurs. On communique sans communier, on se relie à tous sans se lier à personne. L'avoir a pris le pas sur l'être. Tout est dévalué. Ruel disait cela sans nostalgie ni hargne, du haut de sa terrasse où le soir tombait, elle regardait le crépuscule des dieux. — On nous fait croire Que le bonheur c'est d'avoir De l'avoir plein nos armoires, ai-je chantonné. Foule sentimentale, On a soif d'idéal, Attirée par les étoiles, les voiles (de plus en plus je faisais comme Luc, je chantais ma vie au lieu de la penser). Car en même temps, c'est le contraire : il voudrait être, Être absolument, sans attribut : exister. Il n'est pas fou, il est déboussolé. Mais qui ne l'est pas ? N'avons-nous pas tous perdu le nord ? Luc m'exaspère, je ne le comprends pas, et en même temps je me sens plus proche de lui que de n'importe qui, par moments. Plus proche de la vérité, même si elle est tragique. Nous sommes tous des borderlines, tous au bord du vide. C'est le monde qui délire, c'est tout. Ruel n'a rien dit pendant deux minutes au moins, j'avais l'impression que même Simone était émue, j'ai poussé ma pointe : Ce n'est pas sa faute, ai-je conclu. J'aurais mieux fait de me taire, d'attendre que Simone lève le camp : elle aurait dit « Bien » d'une voix lente comme elle seule sait le faire, il n'y a qu'elle pour prononcer un monosyllabe comme un mot à rallonge, qu'elle pour dire « bien » même quand tout va mal, à croire que les mots tuent les choses. Mais j'ai préféré faire ma maligne, et Ruel s'est engouffrée aussitôt dans la brèche. — « Ce n'est pas sa faute », a-t-elle répété d'un ton gnangnan. Tout est permis, donc : les brimades, les vexations, les injures, la méchanceté, la cruauté morale, la manipulation, la trahison, de tout cela aucun individu n'est responsable ? C'est même ce que nous cherchons tous, c'est bien ça ? « Ce à quoi l'homme aspire (et surtout la femme, a ricané Ruel), c'est à l'enfer », comme dit Lacan (et vlan).

— Bien, a dit Simone.

Luc avait une intuition digne du diable ou des amoureux. Il semblait ne pas s'intéresser à moi, posait très rarement des questions sur mon passé, mon emploi du temps ou mes sentiments, et cependant il pouvait, d'une seule phrase, témoigner d'une connaissance profonde ou précise, montrer qu'il maîtrisait des données tues ou invisibles, c'était une sorte d'espion nonchalant de l'intime, et son instinct du secret, tout en me laissant béate de stupéfaction, développait aussi ma paranoïa : avait-il installé un micro chez moi, un autre sous le divan de Simone, un troisième dans mon cerveau, avec une caméra miniature ? On pouvait se le demander, tant il se servait souvent avec brio de choses qu'il ne savait pas. Sinon, à quoi attribuer ce savoir souterrain, cette télépathie d'autant plus spectaculaire qu'elle n'était secondée d'aucune empathie ? Comment expliquer cette impression de vases communicants, comme si mes paroles insues et mes pensées enfouies se déversaient à flots dans son esprit qui les traitait d'instinct, sans les réfléchir, toujours avec à-propos et dans un tempo parfait. Ou bien était-ce de l'amour, simplement, quoi que Ruel en pense — une espèce de branchement occulte, d'osmose amniotique ? Ainsi, ce jour-là, rallumant mon portable dans le hall du cabinet de Simone, j'y trouvai une chanson de Julien Doré, dont le clip venait de sortir, Je dépasse aisément toutes les limites Quand je commence je consomme énormément Le but est de ressentir les choses Alors je dépasse, Luc fredonnait le refrain par-dessus, J'ai dépassé les limites aisément facilement Ouais je dépasse les limites sans un problème d'éthique il m'indiquait aussi de ne pas l'attendre, il était sur un coup qui pouvait rapporter des thunes, je sais après je vais payer pour ça Ouais je vais payer tout ça Alors où je vais..., par ici la monnaie.

À la frontière avec la Chine, ton camion avait donné des signes de fatigue. Un vieux Chinois t'avait hébergé pour la nuit contre une bouteille de gnôle, il tirait les cartes à la lueur d'une lanterne et t'avait prédit trois choses : que ton camion tiendrait encore le coup jusqu'à la grande ville voisine, pas plus loin ; que tes paroles seraient un jour rapportées dans un livre ; et que ton nom serait connu sur les cinq continents. Si tu n'avais jamais oublié ces prédictions, c'est parce que la première s'était réalisée exactement : pile à l'entrée de la ville, ton moteur avait rendu l'âme, tu avais dû appeler tes parents pour qu'ils t'envoient un billet d'avion, tu ne les avais pas vus depuis deux ans, ta maman te manquait, et la maison. Le retour avait été compliqué par le fait que tu n'avais plus de passeport : tu ne l'avais pas perdu, mais non, as-tu protesté, offusqué, tu l'avais donné à un type qui voulait passer en Hongrie et qui te ressemblait un peu, il devait te le rendre mais ça s'était mal goupillé, vous ne vous étiez pas retrouvés, oh ! il ne t'avait pas manqué, tu n'aimais pas les pièces d'identité, tu ne t'identifiais à rien, tu ne ressemblais à personne, il n'y avait pour toi que des identités en pièces, avec lesquelles tu passais tous les ports qui n'étaient pas des ports d'attache. Ton héros, c'était Cizia Zikë, un aventurier chercheur d'or que Bernard Pivot interroge, sourcils effarés, sur un vieil enregistrement d'*Apostrophes* : un homme tout entier dans l'action, la lutte pour l'argent, mais intrépide et fort, aimé des femmes (le bruit courait d'ailleurs sur les blogs qu'il concoctait un projet de bordel au fin fond de l'Asie, et quand la nuit était très noire, tu cherchais à le joindre sur le net pour lui proposer un partenariat). Tiens, as-tu dit en pianotant sur Amazon, je vais t'offrir son bouquin, *Oro,* tu verras ce que c'est qu'un vrai livre. Enfin bref, fin du voyage, passeport ou non, une fille du consulat de France t'avait arrangé les choses, et tu étais rentré non sans lui promettre de revenir — une grande blonde un peu dans ton genre, as-tu dit, le même visage taillé à la serpe, mais en jeune, je lui aurais bien mis un polichinelle dans le tiroir, à celle-là, je me demande ce qu'elle est devenue, je suis papa, si ça se trouve. Tu as rêvé trois minutes à ce lambeau de vie que tu avais raté, tu as regardé trois secondes cette diapositive de paternité à la lumière du possible, est-ce que Cizia Zikë avait eu des enfants, sûrement pas, et dis-le, as-tu ajouté, n'oublie pas, dans ton roman de merde, que les filles m'ont toujours aidé, que je suis hot, que je suis top.

Pendant que je ne me décidais pas à honorer le deuxième présage de l'augure chinois, Luc travaillait par intermittence à la dernière prédiction. Pour étendre son nom sur les cinq continents autrement qu'en devenant serial killer, il lui fallait s'engager dans un enjeu planétaire, qui concernât chaque individu. Il avait donc entrepris, sur la lancée du *Bugaled Breizh* mais à plus vaste échelle, de révéler tous les mensonges d'État qui polluaient le monde, depuis la mort suspecte de Coluche (oh ! comme il avait pleuré à la mort de Coluche ! Il avait quinze ans et jamais plus il ne pleurerait ainsi) jusqu'à celles de Balavoine ou de Lady Di, en passant par le *Rainbow Warrior* et les Irlandais de Vincennes. Mais les conspirations les plus spectaculaires, auxquelles il consacrait des recherches intenses quoique sporadiques, restaient le 11-Septembre et le premier pas sur la Lune — deux machinations du gouvernement américain, assurait-il. Sur la Toile, il visionnait et transférait à ses contacts des documentaires d'apparence sérieuse, voire savante, des interviews d'ingénieurs, de spécialistes, d'experts démontrant posément que les tours jumelles s'étaient écroulées sous l'effet d'explosifs et que « l'exploit » d'Armstrong avait été tourné en studio (oh ! comme j'avais rêvé d'aller dans la Lune ! J'avais dix ans et plus jamais je ne rêverais ainsi), ainsi que le prouvaient surabondamment la chute en château de cartes des Twin Towers, les ombres au sol, l'absence de vent dans le drapeau étoilé, etc. Si tu n'es pas convaincue avec ça..., soupirait Luc. J'avouais un léger vertige dans la valse des thèses officielles et des contre-enquêtes, des versions autorisées et des commentaires off, ça donnait le tournis, mais c'était celui que j'éprouvais aussi devant la horde des images télévisées, quand chaque information effaçait ou démentait la précédente ; les faits, grosse boule de pâte à modeler aux mains de tous, prenaient des formes grotesques ou chimériques, éternellement malléables, le réel était un *chat*, la vérité historique un immense blog auquel chacun prétendait contribuer, tous les grains de sel se valaient dans la marée des opinions et s'évaporaient au soleil de l'événement, tout savoir établi cachant peut-être une manipulation on ne se fiait à rien qu'à sa petite idée, c'est de ça que tu as peur, disais-je à Luc, c'est seulement de ça : tu as peur d'être abusé. Mais je le suis, s'énervait-il, je suis abusé, comme toi, la différence c'est que moi je ne veux plus l'être. Tu te rends bien compte, reprenais-je, tu as bien conscience que derrière cette théorie du complot il y a un antisémitisme viscéral, quand même ? Ouais, c'est ce qu'on dit. C'est plutôt de l'antisionisme, répondait-il. D'ailleurs, n'oublie pas qu'Amaury Troyon a aidé des Juifs pendant la guerre. Est-ce que c'est le cas de ton grand-père ? Chez toi, ils étaient plutôt du genre toujours fourrés aux soirées de la Kommandantur, à voir ton look de teutonne pur jus. Et puis de toute façon, continuait-il sans transition, mon père a du sang polonais. Je m'efforce d'être son digne fils — ou son fils indigne. On dit : soûl comme un Polonais, sale comme un Polonais, antisémite comme un Polonais. Alors voilà, disait-il, menton haut, pivotant sur lui-même avec une fierté parodique, je suis tout ça à la fois ! Et il me tournait le dos pour reprendre son *post* et donner à Jojo, de Gentilly, son avis sur la CIA, Jojo avait d'autres infos, notamment sur Ben Laden, mais là où je te rejoins, écrivait-il, c'est qu'on nous cache quelque chose. Plus pour longtemps, répondait Luc, fais-moi confiance.

Je ne disais rien quand il m'exposait ses projets de sauvetage du monde. C'était comme un jeu virtuel dont il fixait les règles, si on y entrait avec lui, pas question d'en sortir avant lui. Un jour — nous mangions une crêpe dans un restaurant après une partie de tennis —, il m'a parlé d'une vaste entreprise de solidarité civile qu'il avait mise au point la nuit d'insomnie précédente : il allait se mettre à la tête des citoyens de bonne volonté qui, via les médias, obligeraient les puissants à dire la vérité, toute la vérité, quitte à les flasher en flagrant délit, des superpaparazzis, en quelque sorte, mais pour le bien de l'humanité. Il les rassemblerait, les fédérerait, ils lui obéiraient, n'hésitant pas à se faire tuer pour lui, par amour, dévouement, respect. Et comment aurait-il ce pouvoir ? Eh bien… il serait roi — ou président, il serait président du Sénégal. — Tu seras président du Sénégal ? ai-je répété, l'air d'une poule qui a trouvé un couteau, tandis que Ruel, plus véloce dans l'urgence, se demandait si le Samu c'était le 15 ou le 18.

— Oui, un jour je serai président du Sénégal (air de défi). Tu ne me crois pas ? — Je… — Qu'est-ce qu'il y a ? C'est parce que je suis blanc ? — Non, je… — Au contraire, justement (air de triomphe) : je serai blanc parmi les Noirs. Donc vraiment différent. C'est ce que le monde attend : quelqu'un de di-ffé-rent. Qu'est-ce qu'il y a ? Tu ne me crois pas ? — Non, ai-je dit de la voix que Ruel venait de me mettre à disposition, voix ferme et douce qu'elle-même avait de toute évidence pompée à Simone, non, je ne crois pas que tu seras président du Sénégal. Par contre (et j'espérais que mon rire suffirait à revenir dans la vraie vie comme si de rien n'était, mon rire passait son temps à faire comme si), par contre je te verrais bien en roi du C'est légal. — Ha ha ! disait-il. Et toi en reine du Ça m'est égal ? Puis nous sortions du restaurant, il me prenait la main jusqu'à sa voiture où nous remontions émus et muets, il déboîtait sans clignotant, enfilait le boulevard à cent à l'heure, grillait deux priorités, zigzaguait au klaxon, pour l'instant je suis le roi du C'est pas légal, criait-il joyeusement, et moi ça ne m'est pas égal, criais-je plus fort, ralentis s'il te plaît. Il obéissait, saluant maintenant les passants d'un signe majestueux d'altesse en son carrosse, tu es mon garde-fou, disait-il, fou du roi, fou de toi, je suis flou de toi, chantait-il.

Ce que Ruel comprenait mal, c'est l'indulgence que j'avais pour Luc dans ces moments-là, indulgence coupable, pensait-elle parce qu'elle n'a aucune idée de l'amour, pensais-je. Car malgré l'affolement qui me saisissait alors comme par contiguïté, j'aimais Luc dans ces moments-là, j'aimais l'enfance attardée en lui, il n'était pas fou, non, il était attardé, attardé dans l'enfance, au milieu d'une peur panique je compatissais à son délire qui était désir de force et de loi, désir de ce qui lui avait manqué et lui manquerait toujours, *je serais roi*, j'aimais tout en la regardant avec horreur cette bascule dans l'imaginaire, ce voyage borderline entre le jeu et le délire, ce passage que ne font pas les enfants, justement, dit Ruel, du conditionnel au futur, *je serai roi*, du futur au présent, *je suis roi*, cet égarement qu'est le refus absolu d'être vaincu, de perdre, de renoncer à ses rêves, d'accepter sa vie, sa seule vie, je comprenais sans l'embrasser ce désaveu de la réalité, ce déni de l'identité, cette horreur à l'idée d'être commun, d'être mortel, d'être le commun des mortels, cette résistance à abdiquer, à reconnaître, à admettre, à prononcer — aveu de faiblesse, cri de détresse, phrase elle-même insensée — *je suis moi, je ne suis que moi.* Je craignais les dérapages de Luc hors de la réalité, je ne vais pas prétendre le contraire, la folie m'a toujours fait peur, sans doute parce que sans Ruel arc-boutée à mes basques comme on freine un cheval, j'y serais tombée quelquefois, je me souviens de folles souffrances, de douleurs dingues. Mais Luc non plus ne plongeait pas dans l'abîme, ce n'était que de petites embardées, somme toute, pas de vraies sorties de route, j'avais appris à les accompagner, à ne pas me braquer, les jeux de langue nous rattrapaient au bord du délire, l'accident s'éloignait dans un carambolage de mots. On finissait toujours indemnes à se gondoler comme de la tôle froissée, je lui donnais ça en échange de sa légèreté fantasque : une jubilation qui ne soit pas jouissance mauvaise, à circuler dans les strates de la langue en tenant la mort à distance, et roule maboul.

Mais sur ce terrain même, qui était le mien, il reprenait vite le dessus, comme s'il eût voulu me montrer que je me trompais, que la langue n'était pas plus que le monde le lieu où vivre, qu'il y avait plein de rien aussi dans les mots. Voulait-il me démontrer l'inanité de toute parole, le vide qui rongeait les phrases, dont il faisait de petits corps alignés côte à côte, pas plus vivants que morts ? C'était très simple : il formulait une proposition, voire une affirmation, sur le ton de la plus grande assurance, il disait une chose, puis aussitôt après son contraire, presque dans le même souffle, je t'aime, t'es qu'une raclure de pelle à merde ; ma boîte vocale a conservé de lui des messages à la voix belle, d'une suavité âpre, je voulais te dire que tout est fini entre nous, et aussi te dire des mots doux ; salut détritus de bidet de boxon, peux-tu me rappeler d'urgence mon amour ? Dans la vie quotidienne, on ne pouvait compter sur aucun sens informatif ou subjectif que les mots auraient transmis.

« Je suis là dans dix minutes » restait souvent dépourvu d'effet, il arrivait deux heures après sans une excuse, ou pas du tout, « je t'invite à dîner » ne me dispenserait pas de payer ma part, voire la sienne, « je t'aime » avait autant de réalité que « j'ai arrêté de fumer », ce n'était vrai que jusqu'à la prochaine cigarette, à l'injure suivante. Aucune phrase n'avait de sens qu'isolément, elle ne s'inscrivait pas dans le temps, ne construisait pas un édifice significatif, s'envolait sitôt dite, la langue était sans fondations, sans assises. Je ne pouvais plus me raccrocher à rien, la langue tramait des mailles lâches qui filaient aussitôt, on n'arrivait jamais à un texte, Luc parlait comme on tire les cartes, sortant des phrases au hasard pour voir, à chacun de les interpréter ou de les remettre dans le jeu, d'en tirer d'autres. Il parlait comme on souffle des bulles de savon, sans mettre dans ses mots plus qu'une irisation sitôt détruite, pftt. Il pouvait être bavard, loquace ou éloquent, le sens éclatait toujours dans l'instant. Il était parfois d'une justesse miraculeuse, mais comme née du hasard, instinctive. Son intelligence ne procédait pas d'une intention : ce qu'il disait ne voulait rien dire. C'était un homme sans parole. Cela aussi me fascinait, expliquais-je à Ruel navrée qui s'en allait aussi sec ressortir le *Cours de linguistique générale* de Saussure, t'as trouvé saussure à ton pied, ironisais-je en la voyant si studieuse. Ce qui me fascine, persistais-je, c'est encore l'enfance. Les enfants, tu sais bien, peuvent, à trois minutes d'intervalle et avec le même élan, dire « je te déteste » et « tu me racontes une histoire ? », « je te cause plus » et « tu viens jouer ? ». Moi-même, quand j'étais petite, je me souviens… Ruel ne répondait pas, elle ne savait pas, non, Ruel n'a jamais été petite. — Ah mais excuse-moi, lâchait-elle au bout d'un moment, mes notes ne sont pas à jour : dans *Carnet de bal* tu as écrit, je crois — je cite de mémoire : « Mon type d'homme, c'est Zeus. » J'ignorais que maintenant, c'était les petits garçons. Va jouer aux billes, alors.

L'ironie de Ruel me donnait quelquefois, pas toujours, un sursaut d'orgueil. Le fait est que, sortie de la fantaisie enfantine, je perdais pied dans le non-sens, ou dans le silence. Car Luc, non content de rendre la langue précaire, légère ou inconsistante, la quittait souvent, me laissant malade d'angoisse parmi des mots invalides et sans valeur : il s'éclipsait dans des rêveries de haschich qui assassinaient toute conversation, tout contact verbal, anéantissaient les questions et les réponses, il n'y avait plus entre les autres et lui qu'un silence de mort, d'où il émergeait une heure ou une semaine plus tard comme on sort du coma. On se quittait donc souvent pour toujours, moi à bout d'injures, de mutisme et de mensonges, lui ne sachant pas pourquoi, disait-il quand on se retrouvait, moi pour continuer d'apprendre son idiome insensé, lui parce qu'il n'avait pas trouvé mieux, disait-il en me serrant dans ses bras à m'étouffer. — Je t'aime, hasardais-je quelquefois. — Tout de suite les grands mots, constatait-il. Puis, l'instant d'après, le regard sombre : Je t'aime plus que tout, souviens-t'en, les mains crispées sur mes épaules comme si j'étais sujette à des crises d'amnésie. Fais-moi un enfant, implorait-il.

Espèce de salope, ajoutait-il.

Car l'amour était livré aux mêmes fluctuations incohérentes que la langue (c'est normal, note Ruel dans mon dos, l'amour n'est qu'un discours). — Tu es incohérent, lui disais-je lorsqu'il m'agonisait d'injures après des heures de joie pure, de ces moments où tout s'accorde, où tout concorde. — Je suis un chaos errant, rectifiait-il ; son rire était sardonique, la lumière s'était retirée de ses yeux. J'en ai marre de toi, continuait-il : tu es là comme une petite-bourgeoise, tu organises, tu bâtis, tu creuses ton trou (la fosse où m'enterrer), c'est votre truc, à vous les meufs : construire en nous détruisant. Vous faites de nous les piliers de vos maisons, mais pour ça il faut que vous nous couliez dans le béton. Nous les mecs, on veut juste baiser, tu comprends, c'est ça un homme ! Et rester libres. Ainsi Luc s'évertuait-il à remettre le sexe à la place qu'il prétendait être la sienne, au même degré de besoin animal que manger ou boire, dont la satisfaction entraînait une sorte de dégoût repu qu'il savait rendre perceptible : il se levait d'un bond et allait prendre une douche, ou jouer au solitaire sur son portable, ou se vider bruyamment en laissant la porte ouverte, ça te plaît d'être la femme d'un porc ? hurlait-il comme s'il posait la question à la voisine du dessus ; oh bonjour petit Étron, s'exclamait-il, bienvenue dans ce monde : tu es un beau Scorpion, sais-tu. Maman, criait-il à mon intention, note bien l'heure qu'il est, qu'on puisse calculer son ascendant ! Non ? Tu as peur qu'il soit taré comme son père ? Bon, OK, je l'envoie à la DDASS, alors. Et il tirait la chasse, attribuant à ses paroles mon ricanement nerveux, alors que c'était seulement la tête de Ruel, sa gueule de travers, poussée à bout : mon esprit songeait manifestement à dénoncer le contrat ou à demander une prime de salissure, comme un garde du corps dont la patronne tiendrait villégiature sur un tas d'ordures. Ruel fulminait : c'était bien la peine qu'elle se décarcasse à lire Freud et compagnie pour finir dans ce cloaque, à écouter mes rires de dinde ! D'autres fois, cependant, plaidais-je en vain, comme si l'on avait parcouru sans s'en apercevoir tout le continent de l'amour, on arrivait à la frontière opposée, sous une myriade d'étoiles : là, tout n'était qu'ordre et beauté, luxe, calme et volupté. Luc s'abandonnait à des fougues adolescentes, se perdait en étreintes folles, en confessions tendres, en effusions chuchotées, en embrassements virils, en serments de vassal dont j'étais la seule reine. Alors il me servait, me priait, me massait, me lavait, m'oignait, me nourrissait, me célébrait, me vénérait, me caressait, me remerciait, m'adorait, m'adulait. Quelquefois même, il m'écoutait. Puis nous restions allongés main dans la main, accordés, jouissant d'une joie dont le temps était compté sur un boulier secret, j'en peux plus de t'aimer, disait-il soudain, j'arrête, c'est trop fatigant ; et il s'en allait, rejoignait en courant quelque bras mort de la vie, où flottait, nénuphars suris, la fleur de ses désirs, et, fantôme incertain, leur regain, sous le regard de Ruel pas émue pour deux ronds.

De ruptures en retrouvailles, d'injures en serments, des semaines ont passé, moi acharnée à décrypter ses hiéroglyphes opaques, Ruel à hue et à dia, tantôt bride abattue sur les chemins de la raison, tantôt crevée sous moi comme un vieux cheval de retour — si je n'écrivais pas, elle ne voyait pas bien où tout ça nous menait, et je n'écrivais pas. Luc poursuivait le récit de lui-même, nous en étions à sa période américaine : New York, puis Los Angeles, le soleil, le sport, les filles, les stars, les scoops, les bagarres aussi, d'autres séjours en taule, un accident de moto, un mariage blanc avec une Black, la mort de sa grand-mère — douze ans de sa vie ont défilé, « le rêve américain », a-t-il commenté sans ironie. Je n'y croyais pas trop, c'était trop lisse, tu ne me dis pas tout, insinuais-je, n'osant avouer ce qui me chiffonnait, pourquoi ne parlait-il jamais de son frère, que s'était-il passé *après*, comment avait évolué leur relation, une histoire pareille laissait forcément des séquelles, d'ailleurs il n'y avait qu'à le regarder : le rêve américain, vraiment ? Bon d'accord, admettait-il, je me shootais pas mal. Et puis je tuais des écureuils, plein, j'avais acheté une carabine et je passais mes journées à les guetter, j'en ai descendu cinquante au moins (ou cent, peut-être ? s'interrogeait-il avec une moue). Mais c'est des rats, tu sais, des rats roux, ça ronge tout, c'est dégueulasse.

— Tu vas l'écrire, ça, as-tu demandé, que je tuais des écureuils ?

— Tu ne veux pas ?

— Je ne sais pas. J'aurai l'air d'un monstre, non ?

— …

— Et que tu m'aimes, tu l'écriras, que tu m'aimes ?

— Oui.

— Tu me le promets ?

— Oui.

Tu as souri.

— Tu es content ? ai-je dit.

— Oui.

— Pourquoi ?

— Parce que je vais être quelqu'un.

Un jour, il est arrivé chez moi dans un état d'excitation euphorique, brandissant une lettre que sa mère, après des mois de silence, lui avait envoyée en geste de réconciliation. C'était un conte chinois, je te le lis, a dit Luc d'une voix tremblante.

Un porteur d'eau possédait deux cruches, chacune d'elles pendant aux extrémités d'une solide perche qu'il portait sur les épaules. L'une des cruches était fêlée, tandis que l'autre était parfaite. À la fin de la longue marche du ruisseau à la maison, la cruche fêlée arrivait toujours à moitié pleine, tandis que la cruche sans faille accomplissait son travail à merveille. Tout se passa ainsi pendant des années. Mais la cruche fêlée était honteuse de son imperfection, et misérable de ce qu'elle considérait comme une faillite. Un jour, près du ruisseau, elle s'adressa au porteur d'eau : « J'ai honte de cette fêlure à mon côté, qui laisse fuir toute l'eau le long du chemin qui mène à votre demeure. » Le porteur dit à la cruche : « As-tu remarqué qu'il y avait des fleurs seulement de ton côté, sur le chemin ? C'est que, connaissant ta fêlure, j'ai semé des graines de jolies fleurs seulement de ton côté du sentier, et chaque jour, durant tout le trajet, tu les arroses. Ainsi, depuis des années, je cueille des fleurs qui embellissent ma maison. Si tu n'avais pas été telle que tu es, jamais nous n'aurions eu toute cette beauté. »

Tu avais les larmes aux yeux en terminant ta lecture, c'est elle la cruche, n'empêche, as-tu dit en te cachant dans ta manche. Et mon frère est loin d'être parfait. Puis tu as mis à fond *Les Divas du dancing*, danse, va tanguer sur le parquet ciré, tu as parcouru la pièce en tous sens, ôtant un à un tes vêtements, ici tu te tordais en simagrées biscornues, là tu t'étirais en elfe aérien, le visage tantôt mangé de grimaces, tantôt nimbé d'une aura séraphique, les yeux dans les yeux fais-les tourner et fais-toi désirer toi qui connais si bien le cœur des femmes, tu étais nu, Quasimodo, Cupidon, feu follet, ludion, on n'aurait pas pu te prendre en photo, tu sortais tout le temps du cadre, ma maman m'a écrit, jubilais-tu, la joie est revenue dans la famille, qu'est-ce qu'il est beau, me disais-je mine de rien, danse, entends-tu leur désir murmurer, tu es allé jusqu'à la fenêtre que tu as ouverte en grand pour t'y exhiber aux passants en hurlant mon nom, je t'ai tiré en arrière, les divas du dancing les divas du dancing toi tu sais où les trouver, tu t'es débattu en criant Maman, maman, sans jamais donner ton âme, sans jamais verser de larmes, je me suis accrochée, arc-boutée à toi, tu as cédé, j'ai tiré les rideaux, je me suis laissée tomber sur une chaise, essoufflée. On est restés un long moment sans parler. Je te regardais, quel homme aurait-il été sans cette fêlure ? me disais-je. Et je me racontais l'histoire de la cruche sans faille. Alors tu t'es assis sur mes genoux, tout de même, m'as-tu dit, tout de même, je me demande quel homme j'aurais été sans tout ça. Et l'idée que tu ne le saurais jamais, l'idée que, l'eût-on biffée, raturée, caviardée, remaniée, embellie, trafiquée, la vie était une version définitive, l'idée qu'on n'écrivait jamais qu'un seul livre a déchiré d'un coup ton visage.

Un soir, allongé sur mon canapé, Luc m'a annoncé que son frère Victor allait se marier — sa copine était enceinte — et il m'a demandé de l'accompagner à la cérémonie. Certes, il s'était rabiboché avec sa mère et n'avait jamais été fâché avec son jeune frère, qu'il aimait bien, mais il appréhendait de revoir son père, surtout en pareilles circonstances : désormais, il serait le seul des trois à n'avoir ni femme ni enfants, il serait le fils indigne, le raté. Et puis, il faudrait affronter Christian — Christian et sa pseudo-réussite sociale (il venait de trouver un emploi de commercial mieux rémunéré que le précédent), Christian et sa nouvelle épouse (plus jeune que la précédente), Christian et ses deux garçons, Christian et l'amnésie familiale, Chris Christian qui... qui — Luc commençait à bégayer, j'ai dit : d'accord, je viendrai. L'enfance a irradié ses traits, merci, petit chou, a-t-il murmuré. Et puis, a-t-il enchaîné d'une voix ragaillardie, on pourrait se marier, nous aussi ! Pas en vrai, bien sûr. Mais des poupées qui nous ressemblent. Comme ça, tu pourrais les habiller comme tu faisais autrefois, petite — toi en robe oie blanche, moi en costume trois pièces couleur sperme. Marions-nous, a-t-il chanté, ses pieds faisant le guignol au bout du canapé, marions-nous, marionnettes ! J'ai éclaté de rire. Sa façon d'emboîter l'homme et l'enfant était un puissant charme, qui faisait de lui une chimère. Mais ne t'inquiète pas, tu pourras rester incognito, a-t-il poursuivi, tout se déroulera dans la plus stricte intimité, il n'y aura pas de paparazzis.

Quelques jours plus tôt, il m'avait montré une interview d'un de ses collègues, Jean-Claude Elfassi, le seul paparazzi français qui signe ses photos, qui cherche la lumière au lieu de la fuir, qui souhaite devenir ce qu'il traque : une star. Il est capable de rester trois jours dans un arbre pour shooter un mariage ultraprivé, ou de s'accrocher, clandestin du show-biz, sous la camionnette du traiteur qui va livrer Patrick Bruel, il possède le carnet d'adresses le plus fourni de Paris, a dans sa manche des hôtesses de l'air indiscrètes, des avocats bavards, des infirmières qui ont oublié le serment d'Hippocrate, des starlettes vénales, des call-girls, des coursiers, des coiffeurs, des chauffeurs, des postiers, des ambulanciers ; il est sportif, affûté, réactif, et court plus vite que les bergers allemands. Il déplore que l'affaire Diana ait fait tant de mal à la profession. — Vous vous fixez des limites ? demande le journaliste qui lui consacre une heure d'entretien sur Dailymotion. — Bien sûr que je me fixe des limites, répond-il. — Lesquelles ? — Les miennes.

Luc m'ayant prévenue au dernier moment, il me restait deux jours pour me préparer. J'ai demandé à ma mère si elle pouvait s'occuper d'Alice ce week-end-là, car nous resterions dormir au Presbytère ; j'ai acheté une robe ; Luc s'occupait du cadeau. Il me laissait de brefs messages, où t'es passée, mon caméléon, pourquoi tu réponds pas ? J'essaie partout, sur ton fixe, partout, y a rien du tout, alors je suis troublé. Troublé troublé troublé, trou à combler. Appelle-moi. Allô allô dans la famille « Mon amour », je demande la main — je demande la main de mon amour. Mon lapin, comment vas-tu bien ? Écoute ça, je t'aime à la folie je t'aime à la folie je t'aime à la folie je t'aime à la folie je t'aime à la folie.

Il m'a appelée le vendredi soir, il était à la fois âpre et flou. J'entendais des rires en arrière-fond, un homme, une femme. Il y a du monde chez toi ? ai-je dit. — Ouais, un couple de couchsurfers chiliens, on est déjà un peu bourrés… — Alors comment fait-on, demain ? — Demain ? — Pour le mariage… Ah ! oui, demain… Eh bien, rendez-vous à 10 heures en bas de chez toi. — Ils s'en vont quand, tes Chiliens ? — Demain soir. J'avais oublié que je serais pas là, mais je crois que je peux leur laisser l'appart, ils n'ont pas l'air de voleurs, d'ailleurs j'ai rien à voler. Allez, salut, à demain, fais-toi belle si tu peux — mais si, t'es belle. Love.

Le lendemain à 10 heures pile, j'ai posé mon sac de voyage sur le trottoir. À 10 h 20, je me suis assise dessus, *bonjour, vous êtes bien sur la messagerie de Luc Markovitch*, à 10 h 30 Alice s'est penchée par-dessus le balcon, Lucky Luke est encore en retard ? a-t-elle dit, *vous êtes bien sur la messag*, ma robe traînait par terre, je me suis relevée, *laissez-moi un message*, le porche s'est ouvert, c'était Alice qui partait chez sa grand-mère avec la baby-sitter, *et je vous rappellerai dès que possible*, j'ai souri, mais Alice n'a pas été dupe, comment ne pas le haïr ? a-t-elle dit, *enfin, quand j'aurai envie*.

Oui, comment ?

Je suis debout en haut du petit chemin, à côté du potager. Je porte un short, un tee-shirt et des sandales. C'est l'été, il fait soleil, j'ai chaud, je transpire, j'ai envie de partir, mais il m'a demandé de l'attendre, de ne pas bouger, il va revenir. La veille, j'ai parlé à ma grand-mère : elle était sur le balcon en train de balayer, dès les premiers mots elle me pousse à l'intérieur, dans la chambre au gros édredon jaune, elle m'interroge, s'accroupit à ma hauteur, me caresse la joue, c'est bien de lui avoir tout raconté mais il ne faut plus en parler à personne, promis ? Le soir, elles me font sortir de la maison et se réunissent dans la cuisine — il y a mon arrière-grand-mère, deux cousines à elle, une tante, une fermière voisine. Elles chuchotent, puis les voix s'enflent. Il faut absolument que Jeanne, sa femme, ne sache pas ce qui s'est passé, ça briserait leur ménage, là-dessus tout le monde est d'accord, motus. Faut-il lui parler, à lui, autre question. Le larron est un chaud lapin, pour sûr, elles en savent quelque chose, mais aussi, c'est sa faute, à elle : depuis qu'on lui a fait la totale, elle ne veut plus avoir de rapports, elle lui ferme sa porte tous les soirs si vous voyez ce que je veux dire, c'est vexant ; alors lui, forcément, ça le travaille : il a encore ses organes, lui, dit une cousine en s'esclaffant. Il paraît même qu'avec le Fernand ils ne se contentent pas de taper le carton... C'est ça, les hommes, c'est des pulsions, c'est plus fort qu'eux, c'est pas leur faute.

J'ai fini par remonter. Simone était à un colloque en Argentine. Ruel me parlait chinois, hébreu, langue des sourds-muets. Tous les quarts d'heure, j'essayais de joindre Luc, sans succès. Finalement, dans l'après-midi, il a décroché, ah salut ! a-t-il dit. — Tu n'aurais pas oublié quelque chose, par hasard ? La colère et la douleur rivalisaient de trémolos que je ne contrôlais pas, Ruel était effondrée dans ma poitrine. Le bruit d'une garden-party s'est atténué à l'arrière-plan de mon oreille. — ... — Tu ne devais pas venir me chercher ce matin à 10 heures ? — Oui, a-t-il admis en n'étouffant pas un rot. Mais, a-t-il rebondi d'un ton de reproche, tu habites à l'opposé, ça me faisait faire un détour, déjà que j'étais en retard à cause des Chiliens, c'est mortel le pisco, tu en as déjà bu ? — Luc, tu m'avais in-vi-tée à ce mariage. — Oui, je sais. Mais bon, qu'est-ce que tu perds ? Un repas gratis ? Tu espérais manger à l'œil, c'est ça ? Ou bien voir la grosse bite de Christian, histoire de relancer ton imagination ? — Luc... — Oh ! Tu pleures, ma petite chérite ? Tu veux que je vienne te chercher ? Je peux être là dans une heure, comme ça je te ramène et on fait la fête ensemble ce soir. D'accord ? — Non, je… — Hey, Will, j'suis là ! T'as du feu ? Nan, j'suis au téléphone avec Camille, elle est pas contente parce que… Tu veux lui dire bonjour ? — Bon, Luc, arr… — Oui, bien sûr, la Camille que tu connais, qu'est-ce que tu crois ? Je sors toujours avec le même vieux trou, je suis fidèle, moi, monsieur.

Ruel a mis des heures à me réanimer, il a fallu qu'elle me colle de grandes claques nietzschéennes et quelques pintes de whisky cul sec par-delà le bien et le mal. Quand j'ai émergé, je l'ai trouvée assise dignement à mon bureau. Elle fixait l'écran, concentrée, en tirant sur de grosses moustaches virtuelles, elle regardait une conférence en allemand sous-titré à propos de je ne sais quel philosophe hermétique, mais moi je voulais sortir acheter une bombe de peinture avant que les magasins ne ferment, il n'y avait pas à discuter, c'était à mon tour de passer à l'acte, de franchir la ligne. J'en ai choisi une sang de bœuf waterproof et je suis montée dans un taxi, Ruel à ma traîne en mouche du coche, pour une fois.

Comme je l'espérais, les Chiliens étaient encore là, en train de bourrer leurs sacs à dos de souvenirs from Paris. Je suis l'amie de Luc, ai-je dit, il ne vous a pas prévenus ? Je fermerai, ai-je ajouté en agitant mes clefs, tout en leur montrant sur mon portable des photos de nous deux enlacés, *I'm his girlfriend, you see, oh oh oh great,* se sont-ils récriés comme s'ils découvraient la tour Eiffel.

J'étais maintenant seule dans son appartement. Avais-je l'impression d'être lui ? Peut-être. Et plus encore en m'asseyant devant son ordinateur, dans le fauteuil pivotant d'où il regardait l'univers. J'ai cliqué sur la barre de navigation, son historique s'est affiché — un historique très détaillé, avec la date et l'heure. Ça commençait donc la veille à 19 h 23, avec la recette du pisco sour, 5 résultats affichés, 3 résultats consultés. Puis ça remontait les autoroutes de l'information, *Bugaled Breizh* divorce de Sarkozy embryon congelé Tamiflu festival Deauville Hitler était-il juif imprescribilité des crimes sexuels, ça arpentait les avenues de la communication, Windows XP téléphoner Norvège Skype Facebook Explorer 8 installer Linux tarot de Marseille gratuit horoscope du jour chat avec moi écrire à l'Élysée, les boulevards du commerce Pizza Hut en deux clics résiliation Canal+ votre banque en ligne Apple iPhone version software Allociné hotmail, les grands espaces du quotidien, cuire moules points de permis déclaration de revenus réchauffer patates à l'eau batterie Toshiba FFT : le calendrier de Roland-Garros comment enlever tache de café sur cuir bricodépôt Laposte.com Colissimo éviter saisie huissier, les jardins secrets, Miss France se dévoile Jennifer Aniston nue Laure Manaudou nue Carla Bruni nue sexygirls. C'était comme la carte de son pays intérieur, que je dépliais avec un sentiment contradictoire de familiarité et de complète étrangeté. Il y avait des journées ordinaires, d'autres qui ressemblaient à la cervelle d'un fou, où se télescopaient d'une seconde à l'autre des mots dépareillés, des idées sans suite, 9 h 07 voiture air pulsé 9 h 10 calendrier inca 9 h 15 autofiction 9 h 20 Amaury Troyon 9 h 23 long lens ethernet cam 9 h 28 label bio 9 h 40 hépatite 10 h 02 manger Tex Mex. Les obsessions de Luc y revenaient de façon compulsive — juif conspiration 11-Septembre on n'a pas marché sur la Lune MAM dossiers secrets Coluche assassiné fin du monde —, des mots récurrents, isolés, se détachaient sur l'écran, cul porno salope pénis lolita hymen, cherchés là comme on l'a fait dans le dictionnaire, enfants. Ainsi l'historique a défilé, j'ai escaladé le temps dans ses parties communes, arpenté ses couloirs privés, j'ai croisé des gens connus et inconnus — PPDA Vanessa Z. Aurélie C. sur Myspace Ophélie Winter Belmondo Corinne P. — parmi lesquels à un moment je suis apparue, 9 août 2007, Camille L., avait-il tapé, 2 résultats affichés, mon vrai nom, ma date de naissance, ma situation de famille, il ne s'était pas attardé, deux minutes plus tard il m'avait appelée, annuaire pages blanches, 1 résultat, je ne suis pas remontée au-delà, émue de me voir, dans ce flux de désirs, à la fois élue et perdue.

Ensuite, pendant des heures j'ai lu ses mails, mais dans le sens contraire : j'ai cherché la date de notre rencontre et j'ai fait défiler les messages reçus, puis les messages envoyés, Ruel perchée sur mon épaule tel un charognard qui ne veut pas perdre une miette du festin. L'année passée s'est déroulée, réduite à ce tissu de mots, à cette toile dont j'étais la mouche, en fonction des dates, Ruel établissait des connexions, opérait des recoupements : le lendemain de notre première nuit au Presbytère, par exemple, Luc confirmait deux billets d'avion pour Bastia, dont l'un au nom de Birgit Madsen, vingt-trois ans, récapitulatif en pièce jointe ; en janvier, une heure après m'avoir écrit « Bonjour ma fée », il demandait à clochette83@hotmail.com quel soir elle était libre, c'était intéressant la façon dont les choses s'enchaînaient, on avait accès au cerveau humain, à l'imaginaire masculin, non ? demandait Ruel, fée, clochette, c'était une chaîne sémantique, finalement, ça tramait plus des signes que des individus, il faudrait relire Benveniste, et la fois où il lui avait envoyé tous ces messages d'amour esseulé pendant qu'elle était en Écosse, « chez moi à 20 heures, apporte du whisky, les couchsurfeuses sont potables », disait-il à Will, Écosse, whisky, Ruel reconstituait la logique des mails, l'emploi du temps des protagonistes et leurs motivations inconscientes, elle évoluait avec aisance parmi les indices et les preuves, comblait les trous à l'aide d'une mémoire digne d'un disque dur, se souvenait par exemple de ce que je faisais le 3 octobre à 14 h 35 pendant que Luc contestait formellement auprès du site HotHot avoir reçu la vidéo qu'il avait commandée trois jours plus tôt et dont il exigeait par conséquent le remboursement, le 3 octobre à 14 h 35 je faisais une lecture à laquelle il n'avait pas pu m'accompagner car sa mère entrait en clinique à cette heure-là et il devait l'accompagner, désolé. L'espace était aboli, la géographie électronique faisait côtoyer la commande d'un burger au coin de la rue, le règlement d'une facture et l'invitation d'une Bulgare qui avait un bon CV — moi très gentille empressée te connaître bonne cuisine aime les enfants — elle posait d'ailleurs en tenue de cuisinière, avec pas grand-chose de chaud sous son tablier tandis que je me pétrifiais, la main gelée sur la souris, Ruel se repassait mentalement des bribes de Kierkegaard, elle était à son affaire, sur le cadavre de l'amour elle a toujours l'œil brillant, une vocation refoulée de médecin légiste ou de *profiler,* son rêve c'est de jouer dans *Les Experts,* qu'est-ce qu'une histoire d'amour, pour elle, sinon une scène de crime ? Ce n'est pas exact, se défendait-elle, c'est pour toi que je le fais : quelle raison aurais-je de mesurer ainsi chaque arpent de passé, de décrypter chaque recoin de cervelle ? J'essaie juste d'être utile. Avec quoi vas-tu écrire ton prochain roman, si tu oublies tout, si tu ne comprends rien ? Regarde plutôt, là, lààà, tu as le nez dessus, est-ce que tu vas rester longtemps dans le déni, est-ce que tu ne devrais pas en tirer posément les déductions qui s'imposent, au lieu de serrer cette bombe de peinture comme une grenade dégoupillée ? Dans sa tête à lui, c'est le bordel aussi, ça crève les yeux, ne sois pas aveugle (parfois Ruel ne sait plus ce qu'elle dit, ses métaphores s'emboutissent), n'en rajoute pas, éloigne-toi de ce qui te démolit, mais ne le harcèle pas, laisse-le, ne le blesse pas, ne te venge pas. Écris, c'est tout, rappelle-toi Proust : « La vraie vie, c'est la littérature. »

Tu parles, Charles.

Tu bêles, Marcel.

Mais une fois de plus, j'ai écouté Ruel. Je suis repartie sans même fouiller l'appartement, sans laisser aucune trace de mon passage. J'ai seulement effacé le mail qui s'était affiché dans l'intervalle — une certaine Vanessa, apparemment dépourvue d'un régulateur de type Ruel, avait écrit en lettres capitales VA TE FAIRE FOUTRE CONNARD, ce qui n'a pas été sans susciter en moi un élan profond de jalousie haineuse et de solidarité précaire.

J'ai passé la journée du lendemain, seule chez moi, à me connecter sur différents sites dont Ruel avait enregistré les adresses. Je me suis inscrite sous différents pseudos, j'ai rédigé des messages d'accueil, des descriptions physiques, des contre-vérités, j'ai émis des souhaits plus ou moins osés, je n'ai pas mis ma photo. J'ai navigué ainsi jusqu'au soir, tel Ulysse sur la mer poissonneuse. Vers 22 h 30, après avoir ignoré pour la troisième fois un appel de Luc, je me suis reconnectée, j'ai surfé un peu avant de flasher sur Lonesome cow-boy, salut, ai-je tapé, tu es mignon, il m'a répondu presque aussitôt, et toi ? Trop moche pour la photo ?, je n'ai pas répondu, cherches-tu love amitié correspondance fantasme plan sexe — fellation pénétration soumission masturbation bondage glory hole trib groupes mélangisme fétichisme exhibitionnisme réciprocité, il m'a relancée : libre ce soir ? mince normal costaud musclé bien portant bien foutu, tatouages piercing sexe piercing langue, imberbe poilu très poilu rasé épilé tondu, look sportif folle couture kitsch camp butch techno-queen nounours mec intello seventies bien sous tous rapports, j'ai tapé : oui, on se voit ? queer bears ethnique gym queen clubber cuir skater étudiant militant gothique punk naturiste mystique milieu hors milieu, quelques minutes se sont écoulées, es-tu : actif passif autoreverse, puis tu as répondu OK, je m'appelle Luc, et tu m'as donné ton numéro de portable.

II

LA VRAIE VIE

Les romans sont parfois comme les histoires d'amour, on les finit, ou plutôt on les achève à coups de masse comme des bêtes à l'agonie, alors qu'il y a une suite, que ce n'est pas mort : on a parlé trop vite au passé, on est passé trop tôt à la nécrologie, et voilà que le présent redistribue les cartes, on rejoue avec une autre donne — ou bien est-ce la même, qu'on mise autrement ?

Le 6 juillet 2008, Luc m'a envoyé un sms, kéc k tu deviens ? Je n'ai pas répondu. Le même soir, il m'a appelée, oui j'allais bien, j'étais en vacances à Biarritz avec Naël, un ami, un surfeur qui cherchait des spots et, comment ?, non, il ne me manquait pas, j'étais d'ailleurs en un sens toujours avec lui puisque j'écrivais un roman dont il était le héros, enfin, le héros, grand mot, disons, le personnage, j'ai ri, d'habitude j'aime ton rire, a-t-il dit, mais là non, sa voix s'est faite ironique, et tu es contente de ce que tu écris ?, oui, très contente, j'étais très contente, ça allait être un beau livre, un livre magnifique, comment je pouvais le savoir, eh bien parce que mon éditeur — mon nouvel éditeur — en était sûr. — Tu l'écris sans moi, a-t-il gémi soudain. Mais comment c'est possible ? Tu ne sais rien de moi ! Tu... tu n'as même pas vu mes parents ! a-t-il lâché. — Je n'écris pas ta biographie, ai-je dit. Mais c'est vrai, j'aurais bien aimé rencontrer tes parents, ça manque au tableau ; de toute façon, il manque toujours quelque chose à un livre, on manque toujours quelque chose, c'est le sujet même de tous les, je pars au Lavandou après-demain, m'a-t-il coupé, viens avec moi, tu verras ma mère, viens viens tu verras ma mère, a-t-il chanté. J'ai répondu que j'allais y réfléchir, n'hésite pas, a-t-il insisté, je suis sûr que ce Naël ne te fait pas jouir autant que moi, j'ai dit salut précipitamment parce que ma mère entrait dans la chambre, ses sandales en plastique à la main, on allait être en retard pour notre dernière séance d'enveloppement si ça continuait ; nous sommes sorties sous l'habituel crachin vosgien, notre bouteille de Vittel à la main, dans mon sac le carnet où je n'avais pas dû écrire plus de vingt pages de « notes pour La vraie vie », l'institut thermal était au moins à trois cents mètres, il faisait sûrement meilleur à Biarritz.

Le 8 juillet, j'étais en bas de chez moi, ma valise à roulettes posée à côté de moi, ma raquette en bandoulière, te voilà mûre pour reprendre ton essai sur la répétition, a constaté Ruel, je vais plutôt me remettre à mon roman, ai-je rétorqué, ou à ta romance ? a-t-elle grigné. Il y avait trois mois que je n'avais pas vu Luc, le délai nécessaire pour faire un test HIV qui s'était révélé négatif. Il avait bien tenté quelques rapprochements par texto les jours suivant le mariage de Victor, « t'es chéfa ? », « jeter me », mais j'avais tenu bon dans le silence et il avait cessé. Je ne lui avais pas dit que j'étais allée chez lui en son absence, que je l'avais cherché le lendemain sur des sites gay, et trouvé ; il pensait que, déçue et lassée, j'avais simplement saisi aux oreilles le lapin qu'il m'avait posé ce jour-là pour le plaquer sans états d'âme, ce qu'il admettait avec humilité car il était dans son destin de rater tous les trains, surtout ceux de l'amour, qui de toute façon ne vont nulle part, même quand on est dedans. Je comptais bien maintenant, puisqu'il venait me relancer au fond du trou, jouer la partie autrement, reprendre la main ; ayant retrouvé une autre « maison », je m'étais remise un peu sous les lois de la syntaxe et me sentais des forces neuves pour me hisser à nouveau dans la vie grâce à la seule corde disponible : j'allais écrire ce livre.

J'étais en bas de chez moi, je le précise pour moduler l'ironie ruellienne toujours prompte à se dégoupiller, parce que Luc m'avait appelée deux minutes plus tôt, il était en double file devant ma porte, il bouchait la rue, est-ce que je pouvais descendre seule mes bagages ? Mais à présent, la rue était déserte, l'espace Livraisons était vacant devant le Vieux Campeur, mon corps était pris dans les glaces, mes larmes hérissées en stalagmites, dans la partie préhistorique de ma mémoire je me souvenais d'un calembour de mon père, ne me laissez pas dans l'attente car j'ai horreur du camping, et de ma fille qui, découvrant tous les magasins du Vieux Campeur autour de l'immeuble où nous venions d'emménager, avait dit en grommelant : « On aurait préféré des jeunes. » Le vigile, biceps ceint d'un brassard Sécurité orange, me regardait sans aménité, campé sur le trottoir devant la boutique, il ne me disait plus bonjour depuis que Luc, l'hiver précédent, s'était assis cul nu sur les W-C chimiques spécial caravane qu'il avait au préalable sortis de leur emballage en face des caméras de surveillance, « si on ne peut même plus essayer le matériel... », avait-il protesté mollement, le pantalon sur les chevilles, tandis qu'on le priait de quitter les lieux et que je faisais celle qui cherche un couteau suisse. Des gens passaient munis de grands sacs en plastique verts pleins de tubas, de chaussures de varappe et de réchauds Butagaz. Luc était sur messagerie. Il m'a rappelée alors que j'étais dans l'escalier, allô mon petit cœur je suis à la Fnac j'achète des recharges pour ma caméra chut ne dis rien ne m'en veux pas c'est un grand jour je t'aime j'arrive.

Il m'a filmée façon paparazzi tandis que j'avance vers sa voiture, sur la vidéo j'ai la tête d'une fille qui vient d'être recalée au casting de la Star Ac'. Il a voulu m'embrasser, je me suis rejetée contre le dossier du siège arrière, oh la men-teu-se, elle est a-mou-reu-se, a-t-il scandé. Puis nous sommes partis — dérapage contrôlé à l'angle de la rue Saint-Jacques, direction la mer. Il faisait grand beau, Claude François chantait Belinda elle a le front blond Belinda, sa voix tapait du pied au fond de la joie, ça fait dix fois qu'elle s'en va et qu'elle revient, c'est elle qui fait et qui défait mon cœur de ses mains, Luc me regardait dans le rétroviseur, ça fait un an qu'on s'aime, mine de rien, a-t-il dit, qu'on sème la discorde, ai-je répliqué, déjà vaincue par sa folle aisance à raccrocher les wagons, oh c'est bien toi, a-t-il soupiré avec extase, c'est tes petits jeux de langue ! Je t'ai retrouvée, ma Shéhérazade ! Il fonçait sur l'autoroute, moi à l'arrière comme autrefois dans la DS de mon grand-père, comme un an plus tôt avec lui inconnu, toute autre vignette avait disparu du passé, la mémoire en vacances ne faisait pas suivre son courrier, le ressentiment croupissait poste restante, Luc avait ce pouvoir, qui me soumettait derechef, il ne relevait jamais les mauvais souvenirs, rebondissait toujours plus loin, une vraie balle de tennis. Tu es désarmant, ai-je dit, il a souri, il était déjà bronzé, sa barbe de trois jours lui donnait l'air d'un chercheur d'or, c'est peut-être parce que je ne suis pas armé, a-t-il dit.

Il y a eu un bouchon quelques kilomètres avant le péage de Montélimar, la radio diffusait un slow sirupeux, il a ouvert portières et fenêtres et m'a invitée à danser parmi les voitures arrêtées, les gens souriaient, c'étaient les vacances, deux couples nous ont imités, il leur a offert des nougats, il n'était jamais aussi heureux que lorsque le contact s'établissait de manière éphémère et légère, tout me revenait de ces moments de grâce qu'il était capable de faire advenir n'importe où et n'importe quand, sa séduction alors était irrésistible. — Je suis heureux de t'avoir retrouvée, m'a-t-il chuchoté dans l'oreille. Je t'ai manqué ? — Oui, tu m'as manqué. Et pourtant tu me visais. Il a pris mon visage dans ses mains. — Tu es indestructible, a-t-il dit. Puis nous sommes repartis, nous filions cheveux au vent, Belinda, et rien ne comptait plus que la possession l'un de l'autre dont nous nous réassurions en nous tâtant des yeux dans cet habitacle mobile lancé vers le bleu lavande comme une éclaboussure.

Nous sommes arrivés au Lavandou à l'heure du bain. La nuit était noire sur la plage — la lune, sourire en coin. Les étoiles lointaines ou filantes brillaient peu, l'air chaud n'empêchait pas le petit frisson qui vous parcourt quand vous entendez la mer sans la voir, sa puissance que le corps devine. Luc s'est déshabillé, sa poitrine a émergé, coup de karaté cassant des briques, j'ai fait comme lui, il courait déjà vers la mer, je l'ai suivi tout éboulée, on a nagé nus comme la Vérité, on avait pied loin, il s'ébrouait, faisait le poirier, le marsouin, le mariolle, ondulait jusqu'à moi, tu n'as rien à me dire ? ai-je demandé tandis qu'il me tenait par la taille, une algue étalée en grelots sur son front, léchant du sel à mon épaule — À te dire ? Quoi, par exemple ? — Je ne sais pas, une chose que je devrais savoir… Il s'est redressé, inquiet, en riboulant des yeux, euh… je t'aime ? a-t-il dit.

La maison était à cent mètres de la plage, ses grands-parents l'avaient achetée juste après guerre, ils avaient eu le nez creux. Elle était simple et belle, sur un terrain en pente planté de pins, de mimosas, et dominé par un araucaria poussé pas droit, qui barrait le ciel tel un hiéroglyphe dont je posséderais seule la pierre de Rosette — un arbre singulier, jamais familier aux yeux ni à l'esprit, qui était comme la statue iconique de Luc, me disais-je : de traviole, mais beau. J'étais déjà venue au Lavandou, expliquais-je à Luc tandis que nous revenions enlacés vers la chambre où je me demandais ce qui allait être possible, j'avais quatre ans, c'était les seules vacances que j'avais passées avec mes parents, sur la photo je suis appuyée contre le torse de mon père, il est brun et mat, très séduisant, au bout de deux jours de soleil il a déjà l'air d'un Italien, tu veux dire que je ressemble à ton père, a coupé Luc, nous logions dans un hôtel qui s'appelait Le Bathyscaphe, je me souviens qu'une nuit un voleur s'était introduit dans la chambre où nous dormions tous les quatre, ma sœur, mes parents et moi, j'avais eu si peur que mon père avait dû me rassurer longtemps, lui qui savait si mal être tendre, je me souviens qu'il était torse nu au chevet de mon lit à barreaux, il m'avait prise dans ses bras, en général on ne garde pas la mémoire des premières années, alors c'est peut-être le premier souvenir de ma vie, les poils noirs de son torse, et la sensation de sûreté, de plaisir, de contentement — une sorte de sein masculin, en un sens, ah, c'est donc ça, a dit Luc en m'attirant contre lui, oui, c'était peut-être ce que je voulais retrouver, l'impression voluptueuse d'être à l'abri, d'être protégée par un homme, oui, enfin bon, c'est juste une impression, me souffle Ruel.

J'étais maintenant quarante ans plus tard dans cette photo d'enfance qu'encadrait la fenêtre bleu nuit d'une chambre inconnue, contre une poitrine dont les battements de cœur emballaient au galop mon désir, la scène rappelait aussi le premier soir au Presbytère, on répétait, sauf que… — Tu ne mets pas de préservatif ? ai-je dit. Si, il en mettait, il en avait, il en avait acheté, une boîte, deux boîtes, dont une entamée, qu'il sortait de son sac de voyage avec des gestes brouillons. J'ai failli dire, perverse : Tu n'as plus envie de faire un enfant ? mais je me suis tue. Il était plus ardent que jamais, aimant, passionné, et n'avais-je pas ce que je souhaitais, au moins cette nuit-là : un homme qui me protège ? Ah d'accord, siffle Ruel ébaubie, on joue sur les mots.

On a vécu là huit jours comme des amants qui ont tout quitté. On se baignait, on jouait au tennis ou au ping-pong, on jardinait, on faisait la sieste et l'amour. Chaque jour, Luc filmait des moments de notre vie, après tout je n'étais pas la seule qui pouvait créer, lui avait la maîtrise des images et de l'interview, il savait toujours où se placer et quoi demander. Quelquefois il me forçait à me mettre en scène, et je jouais le jeu, ce jeu que j'ai toujours détesté, le jeu de l'image qui vous épingle à jamais là où le souvenir vous laisse voler de vos ailes. J'ai été top model, écrivain en villégiature, naïade, fan, femme, enfant, fantôme. Il prenait tous les tons, tous les rôles, maniant l'ironie, l'allusion, l'humour, la perfidie, jusqu'au moment où je lui enlevais la caméra des mains pour la retourner contre lui — tout contre. Nous parlions peu de ce qui s'était passé durant notre séparation, il y venait par bribes, croyant mener le jeu alors que c'était moi — croyais-je. Sur l'une des vidéos qu'il a montées, je suis assise dans un restaurant désert, c'est compliqué, l'autofiction, me dit-il hors champ, est-ce qu'on peut tout dire ? — C'est la question, réponds-je. Parce que si on choisit de le dire, ça reste. — Est-ce que tu trouves que je te fais mieux l'amour qu'avant ? — Oui, dis-je tandis que l'image s'affole, à présent c'est moi qui le filme. — Que je suis plus aimant, plus tendre ? — Oui. — Comme si j'avais eu peur de te perdre ? — Oui. — Et tu sais pourquoi ? — Je m'en doute. Il ne répond rien, je suis tendue vers son aveu, que je désire comme une preuve de quoi ? Il touche simplement son épaule avec sa joue en se balançant sur sa chaise, il a ce geste de gêne gracieuse et mutine pour lequel je comprends que le cinéma a été inventé, le grain sale de la vidéo attrape ce que les mots manquent, et pourtant à la fin c'est exactement pareil, l'image est comme la langue, là où elle est, la chose n'est plus, je regarde ce que j'ai perdu, il n'y a rien d'autre à raconter. Un autre jour, nous sommes dans le garage, je farfouille dans le bric-à-brac pendant que Luc sort sa planche à voile, d'un recoin j'extirpe des rames, c'est difficile de pagayer ? dis-je, qu'est-ce que ça veut dire, pagayer, demande-t-il tout à trac, ça veut dire : ne pas être gay ?, je lui lance un coup d'œil que la caméra saisit comme un oiseau qui passe et je reprends sa balle au bond : c'est difficile de pas être gay ? dis-je. Il ne répond pas, il tire sa voile à la mer, tout chavire. Ensuite, je l'ai filmé s'éloignant sur les vagues, il tombe deux ou trois fois, remonte, puis file sans se retourner, on ne le voit plus, il disparaît vers l'horizon, on le perd. Une heure plus tard, il revient à la remorque du canot des CRS, ils l'ont repéré au bout de leurs jumelles, Luc Markovitch, m'explique l'un des sauveteurs, mi-goguenard mi-fâché, c'est chaque année pareil, il ne sait pas s'arrêter, il va toujours trop loin.

Ce pourrait être sa devise, inscrite sur son blason d'azur, me dis-je en suivant le long de la plage sa silhouette magnifique, à peine penaude — non pas celle d'un conquistador, d'un général, d'un savant, non pas « toujours plus loin », cri de ralliement repoussant les limites de l'aventure humaine, mais « toujours trop loin », cri de sécession ou de sédition, rupture bravache accotée à l'angoisse, sur le film il a l'énergie des marins d'autrefois, la tête brûlée de soleil et d'horreur, quand ils croyaient qu'au bout de la mer on tombe dans le vide, et qu'ils y allaient pourtant toutes voiles dehors, il a l'audace vent debout, hunier qui s'attend à ne hurler enfin ni terre, ni mer, ni ciel, mais rien, néant, nada, chute infinie depuis les bords du monde. Au montage, il a coupé son retour, lui piteux ramant avec les bras, et tu prétends faire de l'autofiction en vidéo, lui dis-je, alors que tu t'arranges un personnage ? — Bon, dit-il, je le remets, d'accord, je ne cache rien. Mais toi, est-ce que tu raconteras ta méchanceté, tes exigences, ta traîtrise à mon égard ? Tu l'écriras, dans ton livre, combien tu m'as fait souffrir ? Je ris. Évidemment, reprend-il avec un sourire tendre, toi tu ne sais pas ce que c'est. Tu es increvable, toi, rien ne t'atteint, rien ne te touche. — Et toi, qu'est-ce qui t'atteint ? — Toi, tu m'atteins. Tu m'atteins midi et soir.

Il parlait de Ruel, bien sûr, sans le savoir. Elle n'était pourtant pas beaucoup là, elle avait dû repartir en cure à Vittel quand elle avait vu le tableau, niveau mental à zéro et vivotant d'eau minérale, l'amour la désarçonnait, elle ne pouvait pas lutter contre le bonheur. Et la mauvaise foi, me prie-t-elle d'ajouter. Je goûtais son absence, j'en profitais, la connaissant je m'attendais à la voir rappliquer incessamment, bon alors qu'est-ce qui se passe ici, on fait le vide, on barbote, on n'a plus que son cerveau reptilien et sa chaleur animale ? Réunion dans une heure, on fera le point. Mais elle a mis le temps — elle était comme Simone, elle avait besoin de vacances. C'était donc la dolce vita, le 14 juillet on a dansé dans le jardin, ma fille m'avait envoyé le tube de l'été, assorti d'un petit mot : « Je trouve que ça vous va mieux que Christophe Maé », elle veut devenir psychanalyste, plus tard, et je parie qu'elle y arrivera, on se déhanchait donc sur Alister, qu'est-ce qu'on va faire de toi qu'est-ce que t'as dans la tête ? tu ne sais que danser tu ne sais que rater ta vie, Luc faisait exploser des pétards dans chaque recoin du jardin, qu'est-ce qu'on va faire de toi ? des romances nerveuses, de quoi as-tu envie ? de romances nerveuses, de quoi as-tu besoin ? de romances nerveuses, les voisins sont venus sonner, ils en avaient assez des pétards, certes il n'était que 21 heures, mais ils se levaient tôt, eux — et la solidarité entre voisins, ça ne comptait pas ? Luc a arrêté, mais le lendemain, à l'aube, il est allé tambouriner à leur porte, il n'est que 5 h 10, en effet, a-t-il confirmé au voisin hirsute et bouffi dans son pyjama rayé, mais quand j'ai vu que vos volets étaient encore fermés, a-t-il ajouté, je ne sais pas, je me suis inquiété, j'ai cru qu'il vous était arrivé quelque chose. — Tu exagères, lui ai-je dit tandis qu'il se recouchait avec un rire espiègle et se collait à moi tout frais de la fraîcheur du dehors, qu'est-ce qu'on va faire de toi ? On va t'aimer sans condition on va t'aimer sans raison on va t'aimer sans fin on va t'aimer sans fond, a-t-il chanté. Nous sommes allés à un concours d'Air guitar à Vallauris, Luc s'est déchaîné sur Guns N' Roses mais il a été tout de suite éliminé pour avoir marché sur les mains. La nuit, blottie contre sa poitrine, fenêtre ouverte sur la mer, c'est air love, notre histoire, ai-je murmuré. Non, a-t-il dit tendrement. Je ne fais pas semblant. Tu crois que je ne sais pas que j'ai une vraie guitare entre les bras ?

Nous avons passé huit jours dans cette idylle à grandes guides, « heureux comme nous rêvons tous de l'être », écrit Balzac pour décrire notre amour. Je te rappelle quand même, glisse Ruel assise négligemment sur mon accoudoir tandis que je tape sur mon clavier, je te rappelle quand même que le troisième jour il a essayé de te noyer en te tenant à deux mains la tête sous l'eau et sous quatre-vingts kilos, tu as émergé suffocante, aveugle et terrorisée, tes lentilles à la mer, « une petite pulsion de meurtre », a-t-il reconnu gentiment. Et si mes souvenirs sont bons — dis-moi si je me trompe —, pendant le barbecue du tennis-club, n'a-t-il pas... Ruel dévide ainsi son éloquence infrarouge, elle surveille mon propre montage, la vidéo de ma mémoire ; je ne réponds pas, j'attends la fin de sa péroraison : quand je fais l'amour, j'arrive à me débarrasser d'elle, mais pas quand j'écris ; quand j'écris, elle est toujours plus ou moins par-dessus mon épaule, à la croisée de la chouette et du perroquet. À part ça, continue Ruel me voyant au tapis, puisque tu ne me demandes pas mon avis, je trouve que *Romance nerveuse* ferait un excellent titre.

Au bout de huit jours, la mère de Luc est arrivée, les valises pleines de produits certifiés issus de l'agriculture biologique et d'ouvrages de référence sur un monde meilleur, ailleurs. Elle avait l'air en pleine forme. — Camille écrit un livre sur moi, lui a-t-il annoncé le soir même, elle va tout balancer ! T'as peur, Manine, avoue ! J'ai protesté poliment, je n'avais pas l'inten... — Tu penses bien qu'elle t'a déjà googlelisée, m'a coupé Luc, elle sait de quel bois tu fais ton feu. Bon, l'autofiction, c'est pas sa cup of tea, à ma Manine. Son père avait une tout autre inspiration ! Mais du moment que tu ne dis pas qu'elle a deux lingots enterrés dans le jardin, qu'elle a toujours été cocue et qu'elle a mal élevé ses enfants, elle se fout complètement de ce que tu écris. Tu peux l'interroger, vas-y, n'oublie pas qu'elle est la fille du grand Amaury Troyon ! — T'es qu'un petit enculé, a dit sa mère en riant, indiquant, pour la sidération conjointe de Ruel et de moi-même, que l'église catholique avait beaucoup évolué depuis Vatican II, tout en répondant à la seule question que nous aurions voulu poser, sans pouvoir imaginer, aussi bien Ruel que moi, l'oser jamais.

J'ai peu parlé avec Martine Markovitch pendant les quelques jours de notre séjour commun : elle restait sur la défensive, moi aussi. Luc était avec sa mère sur le fil sinueux qui sépare l'adoration de la haine, l'admiration de la rancœur. Pardon ? Comme avec moi ? Oui, peut-être. Mais il le soulignait avec tant d'humour joyeux, de feinte naïveté : « Je vais à la plage avec mes deux mères », dit-il derrière la caméra qui se balade d'elle à moi sur le chemin. J'étais impuissante contre sa rouerie quand elle embobinait la réalité et le fantasme, l'enfant en lui m'émerveillait — cette aptitude au farfelu que les autres ont perdue ou n'ont jamais eue —, sa lecture fantasque du monde sonnait juste et ce qu'il inventait alors devenait réel, mon amour l'enveloppait comme un nouveau-né ou un fou : un innocent. Mais Luc ne perdait pas de vue son destin de star, il ne doutait pas de la gloire qui lui serait un jour attachée, et mes incertitudes d'écrivain l'exaspéraient : « Dès l'instant que tu parles de moi, ça intéresse tout le monde », martelait-il dès qu'il me voyait hésiter, envisager d'autres projets, refuser de noter dans mon carnet un bon mot qu'il avait dit. Sa caméra vidéo, son œil de paparazzi venaient dès lors en complément de ma paresse, en soutien de mon incompétence : au moins, on s'en souviendrait. Il se comportait comme un roi avec son hagiographe, j'étais devenue écrivain officiel de son règne. À sa demande, sa mère m'a donc montré les dessins de lui qu'elle avait conservés, j'ai senti Ruel émerger du coma de ma pensée (de la torpeur tarte de l'amour, précise-t-elle comme si elle était préposée au dictionnaire des synonymes) et chausser ses lunettes mentales de Dolto virtuelle. Au dos de chaque dessin, sa mère avait inscrit l'explication de l'enfant, et c'était toujours la même : « On m'a laissé tout seul, la maison est vide, tout le monde est parti, je suis triste parce que je ne sais pas qui m'aime. » Martine Markovitch a exhumé pour moi des photos de ses fils, en un bébé de trois mois j'ai reconnu Luc aussitôt — cette inquiétude dans les yeux, ce mouvement paradoxal de défense et d'abandon. Sur une autre photo, son frère Christian regardait l'objectif par en dessous, l'air retors — ou bien était-ce moi qui brodait ? Les deux frères posaient chacun une main de propriétaire sur le ventre rond de leur mère, j'attendais le troisième, m'a-t-elle dit. Je me souviens…, je me souviens qu'à cette époque Luc a eu un gros chagrin quand il a appris que les garçons ne pouvaient pas porter d'enfants ; l'idée qu'il ne serait jamais enceinte lui était intolérable : il a pleuré, il a pleuré !

J'écoutais sagement, Luc avec ravissement, m'encourageant par gestes à mémoriser chaque détail. Soudain sa vie lui apparaissait comme un trésor que j'allais mettre au jour, et je m'en voulais d'avoir évoqué à nouveau ce livre fantôme dont il semblait attendre tout et où je ne mettais rien — cassette vide, coffre aux alouettes. Qu'allais-je faire de cette documentation, de cette avalanche de traces ? De quoi témoignaient-elles ? Quelle forme leur donner ? Et comment les rapporter à ma propre existence ? C'était surtout cette dernière question qui préoccupait Ruel. Certes, elle convenait que Luc était en soi un personnage, et que je m'intéresse à lui ne lui semblait plus si absurde. Elle n'était pas contre les voyages exotiques, fussent-ils intergalactiques, mais n'y avait-il pas un moment où on en avait assez de manger des cafards grillés ou de vivre en apesanteur ? Elle n'était pas contre les expériences, fussent-elles limites, mais celle-ci n'avait-elle pas trouvé trois mois plus tôt sa conclusion ? En faisant un effort d'incarnation, elle comprenait ce qui avait pu me plaire chez Luc. Mais à présent ? Même si, comme par hasard, il se montrait beaucoup plus aimable que naguère, elle aurait préféré que je me retire du jeu, que je redevienne écrivain, simplement, que je ne confonde pas la littérature et l'existence, que je fasse le départ entre la vraie vie du roman et la vie médiocre, voire impossible dans laquelle je me complaisais avec Luc. Les moments de bonheur, soit, il y en avait, mais je les payais trop cher, selon elle, et j'aurais mieux fait de me demander pourquoi. Elle en avait assez de jouer les pare-feu, les garde-fous, elle aurait voulu que je me coltine le non-dit une bonne fois, et qu'on n'en parle plus, au lieu de ciseler comme du persil des demi-mots ; que j'engrange, éléphant, les pires souvenirs qui foisonnaient, tandis que, poisson rouge, j'oubliais instantanément trahisons et humiliations, même lorsqu'elles m'avaient plongée dans des angoisses sans nom. Qui excusais-je sans cesse à travers lui ? Simone aussi aurait bien aimé que je réponde.

La seule chose qui intéresse vraiment Ruel, c'est la Vérité. Je mets exprès une majuscule, pour parodier son intransigeante exigence — en réalité, Ruel ne croit en rien, sa réflexion mouline un doute permanent. Tout au plus pense-t-elle qu'en certains rares points de la ligne temporelle se jouent des parties capitales, qu'il convient de ne pas perdre car ce sont elles qui permettent d'avancer, d'éviter le ressassement, la jouissance mortifère de la répétition : elle croit au moment d'intelligence qui, jailli d'un être isolé, fusée de détresse, va se voir de très loin et changer la nuit ; elle ne croit pas à la Vérité, elle croit à l'heure de vérité. Elle aimerait, si je termine un jour ce livre, que je lui donne pour épigraphe un passage de Joseph Conrad : « Le cas était obscur, insignifiant — tout ce que vous voudrez : ce n'était qu'un garçon égaré, un parmi des milliers — mais il était l'un de nous ; c'était un incident aussi complètement dénué d'importance que l'inondation d'une fourmilière, et cependant le mystère de son attitude me captivait, comme s'il eût été un individu de premier plan parmi les gens de son espèce, comme si l'obscure "vérité en cause" eût assez d'importance pour affecter l'idée que l'humanité se fait d'elle-même. »

Ruel pense que cela ferait taire les imbéciles, ceux qui trouvent vain de parler de soi et de ses rencontres, ceux qui assimilent le roman vécu à la dénonciation des Juifs sous l'Occupation, ceux qui refusent la copropriété de la vie, qui croient qu'aucun nombril n'est celui du monde. Ruel voudrait souligner l'universel à l'œuvre dans le particulier, le social dans l'intime, le réel dans la littérature. C'est pourquoi elle apprécierait que je coiffe ce livre d'une épigraphe surplombante, qui embrasserait mon histoire avec toi comme le regard embrasse l'horizon quand on monte au cimetière y saluer ta grand-mère — tu te souviens comme on était les rois ! C'est ce qu'elle veut, elle, parce qu'elle ne connaît que sa terrasse. Mais moi, je ne veux pas. C'est un très beau livre, pourtant, *Lord Jim*, que tu ne liras sans doute jamais et qui te plairait — d'un Polonais comme toi, avide de voyages et d'aventures aux confins de soi-même, déraciné —, l'histoire d'un « cœur insondable ».

Nous sommes partis du Lavandou quelques jours plus tard : en surfant sur internet, Luc avait appris que, le week-end suivant, la marine anglaise tenait à Portsmouth une journée portes ouvertes, et il avait l'intention d'aller y « mettre le souk », son enquête sur le *Bugaled Breizh* prendrait là son tournant décisif, j'étais la bienvenue pour lui servir d'assistante, c'est un peu dangereux, a-t-il précisé en me regardant en coin, on verra si tu es à la hauteur. Et ça fera peut-être avancer notre bouquin, un peu d'action, de la vraie vie. Tu en es où ? Je n'en étais nulle part, il me semblait que je n'écrirais plus jamais, de nouveau la puissance m'avait quittée, comme écrasée par quelque volonté supérieure. Je ne l'ai pas dit. — Je n'avance pas, ai-je préféré moduler. C'est parce que je n'ai pas la fin. Il me faudrait la fin, pour avancer. Il a eu un rire mauvais, le premier depuis nos retrouvailles. — La fin ? Mais c'est pas compliqué : un jour, tu en as marre de moi, tu ne peux plus me supporter et tu me largues. Comme tout le monde. Pas original, mais juste.

Sur son répondeur à Paris, il y avait un message d'Alex, un *gremlin* qui le renseignait parfois entre deux épisodes dépressifs, il n'allait pas bien, il n'avait plus une thune, est-ce que Luc ne voudrait pas par hasard lui racheter son chien — un joli fox-terrier dont tous les papiers étaient en règle ? — Un *gremlin* ? ai-je dit. — Ouais, un fan. On les appelle comme ça, dans notre jargon. — Et il est fan de qui ? Luc a ri, il a haussé les épaules. — Il est fan de tout le monde ! Les *gremlins* passent leur vie à traquer les stars quelles qu'elles soient, à quémander une photo, un autographe, un souvenir. — Ils les revendent ? — Mais non, voyons ! Ils les gardent précieusement, comme des reliques. Au moins, ils ne nous font pas de concurrence ! — Mais Alex, par exemple, il ne travaille pas ? — Quand est-ce qu'il travaillerait ? Il est toute la journée devant les palaces, et tous les soirs à la sortie des concerts ou des boîtes ! Non, il doit toucher le RMI, ou une pension d'invalidité quelconque.

Alex venait de sortir de l'asile psychiatrique. Huit jours plus tôt, Céline Dion avait posé avec une dizaine de fans devant le Crillon, mais quand son tour était arrivé, elle avait fait signe que ça suffisait et s'était engouffrée dans une limousine. Il avait tellement pleuré, debout sur le trottoir, que le Samu était venu le chercher. Il vivait dans une loge de concierge jonchée de poils, oui, il perd un peu ses poils, a-t-il concédé. Le chien a sauté aussitôt sur les genoux de Luc, comme s'il comprenait pourquoi nous étions là. Il était blanc et roux, âgé d'un an, il s'appelait Dino, son pedigree était irréprochable, il débordait d'affection, était très facile à nourrir, ne mordait pas — Alex ne tarissait pas d'éloges proférés d'une voix sinistre —, n'aboyait qu'en cas de danger, amusait beaucoup les enfants (quand vous en aurez, a-t-il dit), on pouvait l'emmener à la chasse mais il était aussi habitu…, alors oui, il avait un petit problème de propreté, il n'attend pas toujours qu'on le sorte, a admis le propriétaire devant le tortillon fumant sur un tapis qui en avait vu d'autres, c'est parce que moi-même je ne sors plus, je n'ai plus le courage, a-t-il dit.

Dans la voiture, Dino tremblait de tous ses membres. Luc l'a pris contre lui tout en conduisant, le chien s'est calmé, s'est dressé sur les cuisses de son nouveau maître ; tous deux à présent regardaient la route, Paris défilait, ombre et lumière. D'où j'étais, je les voyais de trois quarts, la ressemblance était frappante : la délicatesse du profil, la finesse des traits tendus vers l'avant, l'énergie nerveuse du dos, les yeux inquiets, la mine battue qu'épanouissait soudain sans raison visible une lueur de facétie fugace, tout les rassemblait en une sorte d'humanité animale et d'harmonie totale. Ce chien lui était destiné, cela ne faisait aucun doute. Y avait-il d'aussi troublantes affinités dans les rencontres humaines ? Fallait-il se confier au hasard ? Je n'étais pas loin de le penser, tout en caressant alternativement la nuque de Luc et la tête du chien, et j'y rêvais encore lorsqu'une sensation humide m'a sortie de ma songerie : Dino venait de pisser sur mes chaussures.

Ce qui confirme bien la ressemblance avec Luc, note Ruel, assez chienne elle aussi. Affection et souillure. Sentiment et excrément.

Dans la forêt de Fontainebleau, le lendemain, nous avons joué presque toute la journée avec le chien. Il avait compris aussitôt qu'à partir de cette date Luc serait son maître et que ça allait être plus sport, et sa dépression intime, sensible dans ses beaux yeux doux, semblait sur le point de se changer en une joie démentielle. Il courait en tous sens, fonçait dans nos jambes, repartait à fond de train, dérapait dans les virages autour des arbres, sautait à la verticale, oreilles rabattues en arrière, et, taupe à la queue frénétique, creusait d'inlassables trous en quête d'invisibles lapins, non sans revenir avec une avidité folle sur les talons de Luc, comme s'il craignait qu'on lui fasse le coup du Petit Poucet. Qu'est-ce que tu es collant ! s'écriait son nouveau maître avec un sourire conquis. Dino pouvait trottiner un long moment comme un chienchien, puis d'un seul coup, sans justification apparente, se mettre à japper férocement, babines haineuses, cherchant à mordre, avant de détaler, la truffe au vent, jusqu'au bosquet suivant où il nous attendait avec un air d'adoration. Il me rappelait quelqu'un. Ah oui ? a dit Luc tendrement. À la fin de la promenade, les affinités électives s'étant ainsi précisées, il a été décidé de les entériner par une petite cérémonie, au cours de laquelle Dino a été rebaptisé. Il s'appellerait désormais Zinzin. Zinzino. Zinzinou.

Au contraire de Luc, Zinzin était parfaitement en règle : identification par micropuce, carnet de santé, vaccination antirabique, il était plus apte à passer la frontière anglaise que son maître, qui a mis vingt-quatre heures à retrouver son passeport. Finalement, nous avons pris le ferry tous les trois à Cherbourg, direction Portsmouth. Il faisait plein soleil — sans doute les deux plus belles journées de l'année dans le royaume. Les réjouissances avaient lieu sur le port. Sous la banderole *Meet your army*, déambulait une foule bon enfant, bob sur la tête et fanion à la main. Luc avait préparé des centaines de tracts — un résumé de l'affaire du *Bugaled Breizh*, suivi d'un appel à témoins —, qu'il a commencé à distribuer nonchalamment, vêtu d'un short et d'une chemisette hawaïenne. Il devait bien y avoir là des sous-mariniers et leur famille, des employés du port, des militaires. Mon rôle consistait à rester non loin avec Zinzin, et à actionner le caméscope si nécessaire, notamment si la police l'embarquait ou si quelqu'un le prenait à parti. Mais Luc comptait sur la démocratie britannique pour le laisser tranquille, et il avait raison. Du banc où il s'est assis lorsque l'agent a commencé à l'interroger, il a filmé sans être interrompu sa grosse figure de bobby débonnaire. — Qui êtes-vous ? — Je suis Luc. — Luc ? Et pourquoi êtes-vous là, Luc ? — Je suis là pour rencontrer votre armée. Son sourire, dans ma mémoire, est d'une insolence adolescente, c'est Cohn-Bendit face aux CRS. Il cherche la confrontation, l'opposition, la résistance, mais sans agressivité, sans arrogance, juste parce qu'il en a besoin. Le conflit lui fait du bien, une violence ancienne s'y écoule, qui le calme, où il n'y a ni dominé ni dominant, seulement la mise en rapport de deux volontés. « Je résiste, donc j'existe », c'est son cogito, me dis-je, et le tien, nom d'un flashball, harcèle Ruel, le tien, c'est quoi ? « Je souffre, donc j'existe » ? Qu'est-ce que tu attends pour boucler ta propre enquête, au lieu de te laisser balader dans un truc sans queue ni tête, avec ce Don Quichotte dont tu es le Sancho Pança ? Ce Croquignol dont tu es le Ribouldingue ? Ce Tintin dont tu es le Dupont ? Ce, bon, j'ai compris, stop, ça va.

Dix jours de bonheur ne pèseront jamais lourd dans le trébuchet de Ruel, l'autre plateau est toujours chargé d'un contrepoids d'ascenseur.

Ensuite, nous avons parcouru des centaines de kilomètres pour arriver nuit tombée à Plymouth, où se trouve la base navale de Devonport. Zinzin a vomi un peu dans la voiture, il avait mangé trop d'apple-pie. Une partie de la nuit, Luc a collé ses tracts sur les cabines téléphoniques et les gouttières, les a glissés dans les boîtes aux lettres. Puis au hasard de nos investigations dans les bars du port, il a interrogé des buveurs de bière, des rasés et des tatoués, des riverains dont les fenêtres donnaient sur le bassin portuaire, des filles à matelots, des vieillards insomniaques, quelqu'un avait-il vu, dans la nuit du 15 janvier 2004, un sous-marin rentrer à la base, alors que, selon la version officielle, aucun n'était sorti ce jour-là ? Dans les vapeurs blondes, brunes et rousses, chacun y allait de ses souvenirs vacillants pour les beaux yeux de ce Frenchy à l'accent yankee, on déblatérait sur le secret qui nous détruit et les puissants qui nous méprisent, tout en commentant l'espièglerie des fox-terriers, les prévisions météo, l'amertume conjuguée de la bière irlandaise et de l'âme britannique. Je suivais d'un œil, filocharde, mon détective à la faconde inextinguible, on dérivait une fois de plus aux confins de la raison et du n'importe quoi : on savait bien qu'on ne trouverait rien, mais on le cherchait sérieusement. Ou était-ce le contraire : de cette enquête déjantée allait sortir la vérité ? Il y avait eu un naufrage, des gens étaient morts, un sous-marin anglais était soupçonné, rien de tout cela n'était absurde, et pourtant nous déambulions dans une bande dessinée, Zinzin sur nos talons en Milou post-moderne. Je me tenais en équilibre instable entre le vrai et le faux, le toc et le réel, le journalisme et la science-fiction, la rigueur et le *nonsense.* Son acharnement me plaisait tout en me fatiguant, sa loufoquerie me lassait et me délassait. Mais n'étions-nous pas surtout dans un rêve — le rêve de Luc, sa conquête d'un arpent de pouvoir : réduire mam, vérifier que pap était le plus fort ? Oui, c'était l'évidence, je faisais du tourisme dans son inconscient. Je croyais suivre les rues de Portsmouth, alors que je me baguenaudais dans le labyrinthe de ses névroses, de ses douleurs enfouies. Jamais je n'avais participé à un tel voyage. En accompagnant Luc sans broncher, n'éludais-je pas les questions essentielles dans un numéro de trompe-l'œil dont il était, à la fois trompeur et trompé, l'illusionniste ? Don Quichotte, avait dit Ruel. C'était cruel. Mais, exclue de l'ivresse exponentielle qui m'environnait, épuisée de veilles et d'efforts dans ce pays dont je ne maîtrisais pas bien la langue, tenue d'emboîter le pas à un chevalier à l'imagination débridée qui agissait confusément pour me séduire et me soumettre, je me sentais à la fois Rossinante et Dulcinée. Ruel grignotait du terrain.

Nous sommes rentrés à Paris. Tu m'as aidée à porter ma valise jusqu'à chez moi, on s'est embrassés, on s'est dit que peut-être ce soir-là on allait rester tranquilles chacun chez soi, tant on était pleins l'un de l'autre. — Quelle heure est-il ? ai-je demandé. Tu as pris mon visage dans tes mains, où tu avais vu de la fatigue. — On ne dit pas « quelle heure est-il ? », on dit « Quelle heure qu'il est ? ». Répète après moi : « Quelle heure qu'il est ? » J'ai secoué la tête, non, je ne voulais pas. Puis, comme tu insistais, je t'ai obéi, quelle heure qu'il est ? ai-je dit, encore, as-tu exigé, dis-le encore. Quelle heure qu'il est ? ai-je répété, et soudain c'est arrivé, une joie irradiante, une perfusion d'enfance, le cœur qui s'allège, ballon d'hélium porté par le fou rire. Mais ça n'a pas duré. Après ton départ, est revenue l'angoisse qui m'avait accueillie à la porte, à croire qu'elle habitait là. J'ai rangé quelques affaires, mal à l'aise. L'effort que j'avais fait, depuis quinze jours, pour ne pas crever l'abcès de silence m'est tombé d'un coup sur les épaules. En te disant ce que je savais, j'aurais franchi une limite qu'il me semblait ne pas falloir franchir, effraction intime, viol. Mais ma délicatesse n'était-elle pas du déni, ma discrétion de la peur ?

Le lendemain, j'étais invitée à une émission littéraire, tu m'as accompagnée à France Inter, tout excité à l'idée que j'allais pouvoir parler en direct du *Bugaled Breizh*, dont justement le matin même les juges avaient conclu qu'il avait bien été coulé par un sous-marin nucléaire, c'est le destin, jubilais-tu en conduisant, je vais enfin être connu, « les cinq continents », criais-tu, tu riais comme un enfant farceur. Je t'ai appelé en sortant, en fait ce n'était pas du direct, l'enregistrement passerait seulement fin août, et il n'avait été question que de littérature, je n'avais pas eu la moindre occasion d'évoquer l'actualité ou notre récente enquête — d'ailleurs, quoi révéler ? Quelle découverte avions-nous faite ? Tu n'as pas eu l'air surpris, t'es qu'une grosse naze, as-tu dit. Tu ne m'avais pas attendue, dès que l'heure de l'émission était passée, tu avais changé de station radio et tu étais rentré chez toi en faisant crisser les pneus. Tu voulais travailler sur les vidéos de nos vacances, mettre la dernière main au film que la terre entière attendait, dont le montage époustouflant renouvellerait l'art en rapportant beaucoup d'argent. Mais au bout d'un moment, tu ne tenais plus en place devant l'écran, dans ta chambre étouffante ; tu es allé acheter une masse en bas de chez toi — tu as erré longuement au rayon Bricolage, où tu as posé maintes questions aux vendeurs, puis tu es remonté et tu as entrepris de démolir le mur qui séparait les deux pièces de ton appartement. Tu as tapé ainsi jusqu'à la nuit tombée, tu n'en pouvais plus de vivre à l'étroit, tu avais envie que ça communique. À 23 heures, je me suis connectée à Gayvox, tu étais en ligne, je t'ai écrit « slt beau brun, on se voit ce soir ? », tu m'as dit « t'as pas une toph de ouat ? je t'ai balancé une photo de mon père, Lavandou, 1965, « ok », as-tu écrit, « chez toi ou chez moi ? » et tu m'as donné ton numéro de téléphone, ça s'est rejoué. Ensuite il est minuit, et je me demande comment je vais faire. Demain ou tout à l'heure, tu m'appelleras, tu me diras que tu m'aimes, que, chaque fois que tu m'appelles, tu as un petit pincement au cœur et que ça ne peut pas être ton cancer du poumon puisque c'est à gauche. Je te dirai, je finirai par te dire que c'est à moi que tu as filé rancard, et ma voix nouera la tienne pendant quelques secondes. Eh bien voilà, finiras-tu par dire gravement, et ta tristesse me sera douce, eh bien voilà, tu la tiens, la fin de ton roman.

Mais le roman ne finira pas ainsi. La fin, je l'ai écrite ce soir-là, je l'ai écrite avant le début, comme je fais souvent : sans doute ai-je besoin de savoir qu'écrire va quelque part, qu'il y a un sens, un rond clair au bout du tunnel ébloui. J'écris la fin, puis je l'oublie, comme on oublie la mort quand on vit. Ou bien est-ce une manière de conjurer l'angoisse, de contrôler tout : quoi qu'il arrive dans la vraie vie, le roman est fini. Je ne laisse personne écrire « The end » à ma place. Je suis toujours déjà sortie du noir. J'écris sans connaître le chemin, en visant la fin, comme si l'écriture n'était pas le chemin mais la lumière au bout. Il me faut cette tension, je ne pourrais pas marcher vers rien, non, en tout cas je ne pourrais pas le savoir sans tomber. Alors ça finira sur un pont, il peut bien se passer n'importe quoi, ça finit au-dessus du vide mais les pieds par terre, l'air est solide entre deux rives, on tient, l'arc ne rompt pas, l'histoire s'interrompt, ça ne finit pas, c'est suspendu.

Luc m'a écrit une longue lettre : il n'avait jamais écrit de lettre d'amour, jamais, c'était la première fois. Il venait de passer les pires heures de sa vie ; toute la nuit il avait pensé à moi (mouais, a commenté Ruel, penchée par-dessus mon épaule : il sait ce qu'il faut dire, le bougre), il comprenait ma douleur, mon horreur peut-être, il comprenait combien je devais me sentir blessée dans ma féminité (où est-il allé pêcher ce truc-là ? Dans *Elle* ?), ce pourquoi il n'avait pas osé m'avouer ce que j'avais fini par découvrir, tout en espérant que je le découvrirais, il se sentait soulagé, au fond, maintenant je savais tout (tout ?), on allait pouvoir repartir sur des bases saines (des bases saines !), il m'aimait, il était fou de moi (fou), il ferait tout ce que je voudrais, une thérapie, même, il arrêterait l'herbe, il arrêterait l'alcool, il arrêterait la double vie (double), j'étais la plus belle chose qui lui soit jamais arrivée (chose), il ne voulait pas me perdre…, je lisais et relisais ses mots, tout en essayant, par d'insidieux soubresauts du buste, de faire dégager Ruel et son surligneur fluo.

Luc voulait encore une chance, il les empilait comme des cartes à jouer qu'il misait sans cesse au poker de l'autre, ma chérie, mon amour. On va arrêter de bluffer, a-t-il dit en s'asseyant comme en visite au bord de mon canapé. On va tout se dire, a-t-il décidé en actionnant un petit enregistreur qu'il venait d'acheter, un truc super qu'on pouvait mettre dans un coin et oublier, qui ne faisait aucun bruit en s'arrêtant, gommait les bruits de fond pour privilégier la voix humaine, on pouvait le cacher dans son sac ou dans sa poche, ensuite on réécoutait toutes les conversations et on pouvait juger sur pièces, la mémoire n'avait qu'à s'aligner, bref un espion génial indispensable à la vérité, et donc aux écrivains, a-t-il conclu en se renversant sur les coussins, viens dans mes bras.

— Bien, ai-je dit d'un ton que Simone n'aurait pas renié, à ceci près que j'étais appuyée contre le mur à l'autre bout de la pièce comme au fond d'une impasse où s'avance un serial killer, tu es homo, alors ? Il s'est redressé, alors non, pas du tout, c'était juste une pulsion sexuelle, un truc qu'avaient tous les mecs, un manque, les femmes ne comprenaient pas du tout ça, ce qui obligeait les hommes à mentir, c'était donc un peu ma faute aussi. Il a eu une moue gentille. — Un manque ? ai-je protesté. Mais on a fait l'amour tous les jours, ces dernières semaines ! Il s'est levé, a marché vers la fenêtre, alors oui, c'était vrai, il avait beaucoup apprécié d'ailleurs, seulement avec un homme, c'était différent : on allait droit au but, et quel but ! La jouissance est grande, a-t-il dit, sourire rêveur, voix post-durassienne, comme si l'explication devait me suffire, ou me remplir d'envie. — Plus qu'avec une femme ? Tu es gay, alors, c'est bien ce que je dis. Il a hésité parce que ma voix avait tremblé. — Non, je ne suis pas gay. Il y a trois mois, je n'avais jamais fait l'amour avec un homme. Sauf avec mon frère. Il a allumé une cigarette, je n'ai rien dit, l'expression « faire l'amour » à propos de son frère me laissait sans voix. Bref, il aimait les femmes. Mais depuis qu'il me connaissait, moi et mon introspection permanente, mes analyses constantes du pourquoi et du comment, mes bouquins de philo entassés du sol au plafond, il s'était senti obligé de se pencher sur sa face obscure, son enfance, ses fantasmes. Et voilà ce que ça avait donné, tout était remonté : c'était donc un peu ma faute, aussi. — N'empêche, qu'est-ce que c'est bon de se faire enculer ! s'est-il exclamé avec une sincérité nue. Il a rêvé un peu. Tu comprends, a-t-il repris, dans la sodomie, à la fois tu es pénétré et tu bandes, tu éjacules : tu es donc à la fois un homme et une femme, dans ta tête tu es les deux, tu jouis doublement. — Pourquoi refuser deux barils pour le prix d'un ? a soufflé Ruel, mais Luc n'a pas entendu. D'accord, ai-je murmuré. Mais dans la réalité, tu es un homme. Et moi je suis une femme. — Si tu veux, a-t-il concédé. Mais quelle différence ? Le plaisir est le même, la détente après, le calme qui vient, un peu. Évidemment, toi tu as écrit tout un livre à la louange des hétéros, alors tu as du mal… C'est pourtant la vérité. C'est ça, un homme. J'ai secoué la tête, les larmes affluaient au bord des yeux, je pensais aux hommes que j'avais aimés, Ruel est montée au créneau. — Quelle déclaration d'amour, a-t-elle dit. Tu m'envoies une lettre enflammée et, juste après, tu me vantes les mérites de la sodomie entre mecs. Je suis touchée, vraiment. Nous sommes tous interchangeables, donc ? Une lueur de détresse est passée dans ses yeux, la peur de perdre. — Je sais, a-t-il soupiré, ma prof de quatrième avait raison : il faut toujours que je dise des conneries, que je me tire une balle dans le pied. Mais je t'aime, ma chérie, je t'aime plus que tout au monde. En tout cas si je pouvais aimer, c'est toi que j'aimerais, toi seule. Tu n'es pas interchangeable, tu es unique. *Only youououou…*, a-t-il fredonné. Et puis je te fais bien l'amour, non ? Alors écoute, n'en parlons plus. Disons seulement… que je me cherche.

— Tu te cherches, ai-je fini par murmurer, tu te cherches ? Alors tu ne risques pas de me trouver.

J'ai pourtant accepté la proposition de Luc de rester ensemble jusqu'à la fin des vacances — en tout cas, de nous retrouver chaque soir et de ne pas nous mentir, de ne pas raboter le réel : tu sauras qui je suis, s'est-il réjoui. Comme ça, tu pourras me le dire… Je me sentais réduite à pas grand-chose, mais pas à néant, et je voulais aller jusqu'au bout (au bout de quoi ?), comme si moi aussi je cherchais une limite, un bastingage où me pencher très bas sans tomber, je voulais voir le fond du puits, mesurer la profondeur du gouffre, j'étais moi-même la pierre que je jetais dedans, l'oreille à vif. Écrire se réveillait en moi, la vraie vie, son goût d'impossible. Je ne savais plus rien du désir, j'avais peur. L'angoisse me serrait les mâchoires au moment de parler, une terreur étrangère me tétanisait au moment de le quitter. Dire ça, m'en rapprocher pour m'en éloigner, m'en affranchir en le racontant. Je pensais aussi à ce pied nu délicat qui émerge de la croûte dans *Le Chef-d'œuvre inconnu*, il existait bel et bien, je l'avais vu distinctement au début de l'été, et sous les épaisseurs obscènes je n'avais pas renoncé à le révéler : j'allais décrire ce qu'on ne peut pas voir en peinture. — Je vais prendre soin de toi, ma chérie. Je peux être très délicat, tu verras (une fois de plus, il s'était connecté à mon silence). J'ai compris la leçon, a-t-il insisté, je vais faire attention. Et tu pourras travailler, je t'aménagerai un coin de bureau.

Les derniers jours de juillet, je les ai passés chez lui. La plupart du temps, je lisais, couchée sur son lit, mais secrètement l'embryon d'un roman se précisait. Luc pianotait sur son clavier d'ordinateur. Il ne travaillait pas, l'été les *people* quittent Paris, et de toute façon il en avait par-dessus la tête de guetter pendant des heures des gens insignifiants, j'aimerais te faire honneur, a-t-il répété. Il a fini le montage de nos vidéos, le résultat est nerveux, drôle, incisif, tramé de rock californien — un document léger où se devinent, filigrane au soleil, des ombres vives d'aigle noir. Cette tâche créatrice était entrecoupée de longues dérives sur le net, dont le trajet improbable me sidérait : à midi, ayant faim, il tapait Pizza Hut, me lisait la liste des pizzas, je choisissais, il s'affairait sur son clavier ; une heure plus tard, écoute ça, disait-il, et il me lisait de sa voix chaude, pendant vingt bonnes minutes, la vie de Pascal (1623-1662), son génie le captivait, son existence prise entre l'ascèse et la mondanité, le néant et l'infini, le sens et la vanité, on devrait faire un film sur ce type, c'est un grand bonhomme, disait-il, et il cherchait si quelqu'un y avait déjà pensé, sinon on pouvait peut-être s'atteler à un scénario, un premier jet au moins, le livreur en met un temps ! hasardais-je, honteuse d'être si prosaïque, le livreur, quel livreur ? En fait il n'avait pas passé commande, parce que sur le site de Pizza Hut, il avait vu qu'ils cherchaient quelqu'un pour leur management : il avait entrepris de poser sa candidature et de l'envoyer à un certain Guy Pascal, DRH, mais auparavant il avait voulu en savoir plus sur ce type, et c'est ainsi qu'il était tombé sur l'auteur des *Pensées.* Et voilà pourquoi nous sortions finalement vers trois heures de l'après-midi, en quête d'une crêpe au Nutella, alors tu vois, continuait-il en gambadant, Zinzin sur ses talons, on fait d'abord un synopsis, on a l'avance sur recettes, on demande à..., qui tu vois, toi, dans le rôle de Pascal ?, je, disais-je, il faut un mec un peu sec, maladif, Pascal avait une mauvaise santé, non ? je, disais-je, plutôt un Américain, comme ça le film fait une carrière internationale, Pascal est connu partout, en tout cas après notre film il le sera, non ? je, disais-je, bof une crêpe, finalement est-ce que j'ai envie d'une crêpe ? Allons au McDo, plutôt... Et il m'entraînait à sa suite, me prenait dans ses bras, me faisait tourbillonner, je portais une robe Jean-Paul Gaultier qu'on m'avait prêtée pour la cérémonie des Oscars, Luc brandissait le trophée, fou de joie, puis le posait sur le comptoir comme un vulgaire cornet de frites.

Au retour, il saluait des clochards assis en face de chez lui parmi des canettes de bière, un jour je finirai comme eux, prophétisait-il. Et il me racontait avec force détails comment il sombrerait dans l'alcool, l'errance et la solitude, quand plus personne ne pourrait le supporter, pas même sa mère, ni moi qui pourtant l'aimais tout compris, et même ce que je ne comprenais pas. Tu vois, disait-il amoureusement, quand je suis odieux avec toi, c'est juste ce point que je vérifie : que tu m'aimes plus que ma maman. Et il l'appelait pour le lui dire, mais elle ne décrochait pas. Dans l'escalier, il imaginait un système d'oreillettes encastrées pour téléphone mobile, bien plus pratiques que le système actuel, à peine entré il se renseignait sur les brevets d'inventeur, il allait déposer l'idée, pas question qu'on la lui vole. Sa raquette tombait sur le plancher, ah, il parcourait le site de la FFT et s'inscrivait à plusieurs tournois, en multipliant les victoires, d'ici deux ans il serait classé 15 et pourrait enseigner le tennis, peut-être même accompagner les champions sur le circuit, devenir coach. Je ne sais pas ce qu'en penserait Pascal, commentait Ruel, mais on est assez loin de l'esprit de géométrie. — Luc, ai-je dit, à la fois amusée et sonnée, tu pars dans cinquante directions en même temps, c'est dingue… — Mais je sais, s'est-il écrié. C'est mon imagination : elle est comme Zinzin, un vrai chien fou ! J'ai tous ces projets qui me viennent, qui se bousculent, je n'arrive pas à les canaliser, je ne contrôle rien ! Et pour le sexe, c'est pareil, tu comprends : je vais sur Meetic ou sur Gayvox, ou je branche une meuf dans la rue, et hop, le cinéma se met en route, je vois tous ces possibles, et je… Il a ouvert les mains à hauteur de ses oreilles. Il faut que tu m'aides, mon camélia, parce que toi tu es le contraire, tu me fais du bien : empêche-moi de me disperser, de me désintégrer. Encadre mon imaginaire. Sois ma gare de triage. — Ce qui est exact, a dit Ruel tout bas, presque affectueusement, c'est qu'à part toi, personne ne peut l'encadrer.

Tu fuyais les cadres, c'était vrai — sinon peut-être celui qui emprisonnait tes photos, et puis l'écran de l'ordinateur, parce que toutes les autoroutes du monde y convergeaient, en repartaient. Comment, pourquoi se cantonner à un emploi, à une maison, à une femme, à un rêve, quand tout était possible — toutes les rencontres, tous les projets, toutes les expériences —, quand les idées, les opinions, les visages s'y bousculaient, spams tentateurs qu'on pouvait décider d'essayer, d'adopter ou d'effacer — update your penis plus jamais de dettes always be ready freeporno DVD à vous la jeunesse buy now Viagra Xanax huge love weapon incredible prices 80 % off luxury Rolex — pour ne pas rater sa vie, pour réussir ses vies. Car on pouvait avoir plusieurs vies, non pas tant à la suite, pensais-tu, et chichement, comme les bourgeois qui se remarient ou les Parisiens qui s'installent en Lozère, non pas tant l'une après l'autre qu'ensemble, et sans limites. Dans l'idéal, chaque jour était un superjeu de Game Boy où tu ne pouvais même pas compter combien il te restait de vies. Ton économie de l'existence tendait à la dépense, à la consommation, au profit, à la jouissance, tu étais libéral dans l'âme, le champion du libéralisme ontologique. Cependant, de même que les excès, les désirs outranciers, « l'exubérance irrationnelle » dont parleraient bientôt les analystes financiers couraient tout droit vers la crise, la faillite et le vide, tu étais souvent menacé d'effondrement, le krach existentiel te guettait à tous les coins du cadre, hors limites, et tu rêvais alors d'un petit lac de montagne où mirer ta vie. Ce qu'était ce petit lac, tu ne le savais pas. Un cœur gentil, qui répondrait au tien. Mais c'était si difficile à trouver. Alors un livre, peut-être, malgré ses pages aux arêtes coupantes, qui parfois blessent. Oui, les bords d'un livre, pour te contenir, te circonscrire, te comprendre.

J'aurais eu de la peine à te dire, comme tu le souhaitais, « qui tu étais », pourtant. Toi-même, tu te reconnaissais moins bien le matin dans ton miroir que tu ne repérais une célébrité au volant de sa voiture, fût-ce au crépuscule. Tu n'étais pas le paparazzi de ton âme, elle te narguait, se baladait incognito, démultipliée par maints sosies. Tu aurais voulu l'épingler de ton regard, faire un arrêt sur ta propre image, immortaliser ton moi dans une posture fixe, attention, ne bougez plus, le petit oiseau va sortir, pouvoir dire : je suis Luc Markovitch, je suis entrepreneur, je suis inventeur, je suis artiste, je suis riche, je suis aimé, je suis puissant, je suis invincible. À défaut, tu aurais aimé pouvoir choisir entre deux essences, cocher une seule case dans le questionnaire : êtes-vous un homme une femme français américain polonais russe homo hétéro fidèle don juan vivant mort ? Mais si tu avais pu dire : « je suis », sans rien après, sans attributs, sans qualités, juste être, intransitivement, cela t'aurait suffi. Êtes-vous ? Oui. Au contraire, tu étais toujours en transit, tu baroudais aux confins d'une identité ondoyante, le rapport sur toi posait de sérieuses difficultés, tu n'en lisais jamais que des bribes en pattes de mouche, tu te zappais sans cesse, c'était une *identity in progress*, ça bougeait tout le temps, le petit oiseau n'arrêtait pas de sortir alors qu'il aurait fallu rentrer un peu en soi-même — mais c'était où ? L'être n'avait pas de maison, pas plus de chalet suisse que d'isba, pas plus de yourte mongole que de villa hollywoodienne, à peine un camion à pizza qu'il fallait tout le temps rafistoler, l'être n'avait qu'un mobile home, chaque instant vécu emportait le précédent comme les bornes du chemin. Pour te comprendre, il fallait faire comme le poète, regarder les nuages, là-bas, les merveilleux nuages. Au fond nous étions tous des nuages, et tu avais avec nous tous des manières de nuage. Nous errions tous dans le ciel du temps, étirant nos formes changeantes et cotonneuses, échangeant nos tophs de ouam et nos étoffes de ouate, certains dérivant sans cesse au fil du vent, d'autres immobiles et compacts, engrangeant masse et semblant de matière. Quelquefois deux nuages se rencontraient, se touchaient, mêlaient leurs contours dépareillés, fusionnant jusqu'à ne plus faire qu'un, leurs clartés s'interpénétraient, leurs limites s'abolissaient, peaux, sexes, brumes de l'esprit, humeurs, vapeurs, tout se fondait, se confondait, se comprenait, le plaisir faisait la pluie et le beau temps ; mais cette union ne durait pas, et peu après chacun reprenait sa route, dérivant dans son coin de gris-bleu, parfois troué d'un rayon qu'on pouvait croire le doigt de Dieu si on refusait de se voir comme on voit les nuages, sans autre destin qu'un ciel sans bords, allant nulle part dans leur habit de lumière et de néant.

— C'est un beau film, a admis Luc.

J'avais loué *Festen*, de Thomas Vinterberg, dans lequel un père incestueux est sommé par son fils de rendre des comptes lors d'un repas de famille ; nous venions de le regarder, allongés sur le lit, et — fait inhabituel —, Luc n'avait pas bougé d'un cil ni prononcé un mot pendant toute la durée du film, il n'avait pas mangé, pas téléphoné, pas surfé, pas fumé. Même Zinzin était scotché.

— Le père est une ordure, a dit Luc. Mais la mère n'est guère mieux, elle se tait, elle se bouche les yeux.

— Oui.

— Tu crois que ça lui est vraiment arrivé, au réalisateur ?

— Je n'en sais rien.

— Moi, je pourrais faire un film comme ça.

Je raconterais tout, tout le monde saurait ce qui m'est arrivé. J'y ai pensé quand j'habitais à L.A., mais…

— Oui, c'est…

— Eh dis donc ! Si j'écrivais un livre, plutôt ?!

Luc m'a regardée, extasié, le bandeau prix Goncourt s'est affiché dans ses yeux comme sur l'écran d'une boîte à sous. Il a battu des mains :

— Mais oui ! Je-vais-é-crire-ma-vie ! Si tu l'as fait, je peux bien le faire aussi. Je vais t'enfoncer, tu vas voir. Des tranches de vie ! Des tranches de vide !

J'ai détourné la tête du miroir où j'apercevais Ruel : elle n'a pas d'âge, mais par moments elle prend un coup de vieux.

— Non, mon caméléon, excuse-moi, je voulais dire : je vais juste essayer de me hisser à ton niveau. Et tu m'aideras, hein, tu corrigeras mes fautes d'orthographe ?

Des cris et des pleurs ont interrompu notre conversation. Luc a regardé dans la cage d'escalier. La voisine se tordait les bras en gémissant : elle était sortie un instant sur son palier, la porte d'entrée avait claqué, et elle était enfermée dehors, son bébé de un an à l'intér… Elle s'est arrêtée net, comprenant sans doute qu'elle parlait au type qui mettait le son à fond quelle que soit l'heure — il s'était beaucoup calmé ces derniers temps, mais bon. Il était minuit, elle était en pyjama, elle ne savait pas quoi faire, manifestement elle n'avait pas très envie d'appeler les pompiers, la police encore moins, dans ce quartier ç'aurait sans doute passé pour un manque de tact. Laissez tomber, a dit Luc, et il est descendu. Quatre minutes plus tard, tandis que nous nous demandions encore quoi faire, la voisine et moi, sa porte s'est ouverte et Luc est apparu sur le seuil, le bébé dans les bras, avec un sourire de père en salle d'accouchement. Il avait escaladé les trois étages par la façade, était entré par la fenêtre ouverte, et voilà. Il savourait notre air ébahi, tandis que la voisine nous promettait le couscous à vie tous les vendredis non sans s'interroger muettement sur les aptitudes acrobatiques de son sauveur. C'est moi qui, incrédule, lui ai posé la question. Eh bien mon Dieu c'était tout simple, il avait un petit passé de monte-en-l'air. D'ailleurs, a-t-il ajouté, j'ai bien eu envie de fouiller un peu l'appart avant d'ouvrir. Mais je me suis retenu : je suis écrivain, maintenant. — Mais tu aurais pu te tuer ! ai-je dit, tête penchée vers le gouffre noir des trois étages, le bitume en bas sans espoir. Il n'a pas répondu, il était en train de faire cuire des merguez en chantant à tue-tête Pirouette cacahouète. La mort ne lui faisait pas peur, il n'y pensait pas, il agissait avec elle comme avec les gens, même face à face il l'oubliait. Vivre était sans limites. — Tu m'admires ? a-t-il dit, radieux, une fourchette à la main. Je l'ai pris dans mes bras, il m'a serrée avec fougue. Et ça ne fait que commencer, tu vas voir : j'ai un potentiel, un sacré potentiel. Il m'a entraînée jusqu'à la fenêtre, a regardé la nuit. Et si j'en crois ma maman, j'ai peut-être aussi un pote au ciel.

Tôt le lendemain matin, il a commencé à écrire. Quand je me suis réveillée, je l'ai vu devant son clavier, le visage incroyablement heureux. Toute son imagination s'était d'un coup rassemblée là, dans ce projet, et l'énergie qu'il y mettait me dépassait. Ruel n'avait pas fermé l'œil, mon esprit avait carburé à plein régime : vivement que Simone revienne, car j'étais bien capable de me laisser ainsi vider de tout mon être, que Luc siphonnerait jusqu'à la dernière goutte : je ne serais plus une femme, je ne serais plus un écrivain, toutes mes bases seraient sapées, je m'écroulerais dans l'indifférence générale. Comment pouvais-je à ce point me laisser déposséder de mes propres désirs, accepter de n'être plus rien ? Qu'est-ce que je croyais : qu'on pouvait se transfuser à quelqu'un sans finir exsangue ? La passivité — la sidération, même — qui me paralysait depuis le début, après un léger mieux, devenait réellement alarmante. Ruel commençait à flipper, elle avait envie de me botter le train à longueur de journée, ce qui était sans doute plus alarmant pour moi que tout le reste.

Sur les enregistrements sonores que j'ai conservés (car souvent Luc mettait en marche sans le dire son petit magnétophone), il me lit des passages. Il écrivait très vite, interrompant ce à quoi j'étais occupée pour m'interroger sur un mot qui lui manquait, une référence, et surtout me demander ce que j'en pensais. J'aime assez ce qu'il me lit, c'est comme lui, vif, impertinent, il y a de vraies trouvailles d'écriture, mais comme lui ça part dans tous les sens, je le lui dis : il ne suffit pas de balancer tout ce qui passe par la tête, il faut trouver une forme, organiser son récit, sa pensée. J'ai un peu la voix d'une maîtresse d'école, en réécoutant ces fragments sonores je me dis « c'est moi qui ne vais pas bien, c'est moi qui suis folle ». Lui a vraiment une très belle voix, posée, mâle, souvent plus affable que mon souvenir ne l'a retenu. Tous les deux ou trois jours, je rentrais chez moi quelques heures ou un après-midi, il a enregistré certains de nos coups de fil, il me lit d'autres passages, je fais quelques compliments sincères puis j'aborde ce qui cloche, ah, dit-il, excuse-moi, mon chien m'appelle, et il raccroche. Une autre fois, il cherche à se remémorer le diagnostic du psy, à l'armée — un terme précis, pas schizophrène, un autre truc… — Borderline ? hasardé-je. — Petite peste, dit-il. Et il raccroche. La bande sonore a enregistré deux minutes d'un farfouillis de paperasses, puis quelques clics de clavier, puis les touches d'un téléphone, il me rappelle. — Mais ma chérie d'amour en sucre, une fois de plus tu as raison, c'est ça, c'est exactement ça ! Et il me lit à toute vitesse quelques lignes d'un site que je connais déjà grâce à

Ruel, gnagnagna *se caractérise par une instabilité comportementale, émotionnelle et relationnelle, une intolérance à la solitude et à l'abandon, une instabilité de l'image de soi et des autres, un trouble de l'identité sexuelle, un* gnagnagna. *On note un grand besoin d'être admiré* ça dépend par qui *un désir pathologique d'attirer attention et affection tout en redoutant l'intimité, un manque d'empathie, une utilisation d'autrui pour arriver à ses fins,* bullshit n'écoute pas ces conneries, *un sentiment d'être différent des autres* encore heureux ! *On retrouve dans l'anamnèse* quèsaco ? *une carence affective, une maltraitance, des abus sexuels (viol, inceste).* Mais c'est surtout, attends, ah ! voilà : *hypersensibilité. Bien que les sujets borderline paraissent souvent indifférents ou insensibles, c'est tout le contraire : ils ressentent trop fortement les émotions les plus ténues, qui engendrent un stress dont ils doivent se défendre. Les moyens de défense sont la mise à distance, le menson* gnagnagna *l'action, le déni, l'oubli. Ce sont des êtres sans peau protectrice, dont le moi est clivé et les affects contradictoires. Les liens interpersonnels, intenses, souvent extrêmes,* oui, je t'extraime, *peuvent passer sans transition de l'idéalisation à la dépréciation. L'agir est le mode fondamental de la psyché* dis donc ! *car l'inertie est menaçante. Ils se mettent dans des situations à risques pour se sentir exister. Leur richesse intérieure est grande* tu vois ma chérie *mais oppressive, dominée par des sentiments de vide qui les obligent à créer une fiction d'eux-mêmes ; comme ce rôle est épuisant, ils ont besoin de sas de récupération, souvent addictifs. L'intelligence n'est pas touchée* ouf *mais une pensée claire est impossible* ah ben merci. — Oui, j'ai déjà lu ce… — Ah ! Écoute ça : *Ces traits de personnalité générateurs de graves difficultés (troubles relationnels, chaos interne, agressivité, destructivité) sont aussi générateurs de fortes potentialités (intelligence émotionnelle, hypersensibilité, spontanéité, créativité, passion…)* lalalère, tu vois, ils le disent aussi, j'ai un potentiel, lalalère. Bon, à ce soir. Ne sois pas en retard, Came, je suis addict à toi. Et apporte à bouffer, le frigo est vide.

Il a raccroché, sur la bande enregistrée éclate le rock teinté de mélancolie slave de Victor Tsoï, Luc chante en même temps, il crie de joie, il claque des doigts, il pianote à nouveau sur son téléphone, salut Will, c'est Luc. Dis donc, tu sais quoi ? Je suis borderline ! Et Cam adore ce que j'écris ! Au fait, tu pourrais me prêter une pince multiprise ? C'est pour l'évier…, tandis que Ruel me remet en mémoire la fin du texte en ligne : *La famille et les proches des borderline sont souvent très déstabilisés face à de telles personnalités. Le risque est grand de tomber soi-même dans la dépression. Ils ne doivent pas hésiter à se faire aider par un spécialiste.*

J'ai reposé le téléphone sur son socle. À propos, a dit Ruel, Simone rentre quand ?

Je revenais de chez moi avec des livres, on ne peut pas écrire sans avoir rien lu, lui disais-je. Il les prenait, se défendait : autrefois, adolescent, il avait lu, il avait lu de la poésie, surtout Baudelaire et Victor Hugo, et des récits d'aventures, sans parler d'Amaury Troyon. Il feuilletait pour me faire plaisir *Martin Eden*, *Lord Jim* ou *Portnoy et son complexe* que j'avais acheté en anglais dans l'espoir de l'intéresser davantage, puis me les rendait en s'excusant. Maintenant, il ne pouvait plus, lire l'angoissait, ça n'ouvrait aucune fenêtre en lui, au contraire, ça l'enfermait dans la tête d'autrui. Un soir, pourtant, il a déclamé à voix haute le dernier poème des *Fleurs du mal* :

De même qu'autrefois nous partions pour la Chine,
Les yeux fixés au large et les cheveux au vent,

Nous nous embarquerons sur la mer des Ténèbres
Avec le cœur joyeux d'un jeune passager.
Entendez-vous ces voix, charmantes et funèbres,
Qui chantent : « Par ici ! vous qui voulez manger

Le Lotus parfumé ! C'est ici qu'on vendange
Les fruits miraculeux dont votre cœur a faim. »

— C'est l'histoire de ma vie, a-t-il dit en jetant le recueil loin de lui avant de l'avoir achevé.

Depuis qu'il écrivait, nous vivions plus calmement, presque conjugalement, avec des poussées de désir comme une envie de boire. Nous nous massions souvent à tour de rôle. Quand c'était moi, il me semblait que j'avais pour fonction de dessiner avec vigueur les contours de son corps, que c'était ce qu'il voulait, être assuré d'avoir une enveloppe, une forme. Quand c'était lui, au contraire, je me dissolvais sous ses doigts, flaque molle, je n'existais plus, il me liquidait. Un matin, à la lumière du jour, j'ai vu dans son dos, sous l'omoplate, une cicatrice ancienne, blanche. Qu'est-ce que c'est ? ai-je dit en la suivant de l'index. Il s'est retourné, je vais te raconter l'histoire, a-t-il dit, mais elle est à moi, j'ai le copyright.

Au retour de son périple aux confins de la Chine et de la Russie, et avant de partir aux États-Unis — il avait vingt-deux ans —, il avait travaillé quelques semaines dans un fast-food à Paris. Le patron n'était pas commode, et souvent ivre, les employés avaient prévenu Luc qu'il pouvait être violent. Un soir, ils avaient eu une petite altercation à propos de rien (je piquais un peu dans la caisse, quoi..., a dit Luc), qui se serait réglée d'elle-même si le boss, en se retournant, ne s'était assommé tout seul sur le chambranle de la porte métallique. À moitié groggy, et persuadé que c'était Luc qui l'avait matraqué par-derrière, il avait sorti un couteau et le lui avait planté dans le dos. Voilà l'histoire. Luc s'est tu. — Et alors ? ai-je dit. On t'a emmené à l'hôpital ? — Non. J'ai appelé mes parents, j'étais en sang, ils m'ont dit de ne rien faire, de les attendre. Ils sont arrivés tous les deux, ma mère m'a enveloppé dans une serviette-éponge, et en voiture, direction le Presbytère ! Luc m'a regardé pour voir si j'étais choquée, pour savoir si c'était choquant, comme si la loi du bien et du mal était écrite dans mes yeux. Ils n'avaient pas envie de voir débarquer la police, a-t-il conclu.

Chez nous, on lave le linge sale en famille, surtout quand il y a du sang dessus. Et puis c'était ma faute, tout ça.

Le récit qu'il écrivait au fil des jours était construit (ou démoli) sur ce principe : que tout se vaut, que rien — ni les actes, ni les faits, ni les paroles, rien n'est grave ; qu'aucun événement, triste ou heureux, petit ou grand, ne mérite plus d'attention qu'un autre ; que le sort dévide sans compter des données brutes aléatoires parmi lesquelles comptent pour du beurre choses et gens, pensées, désirs, qui se succèdent sans s'écrire nulle part, sans rien laisser qu'une cicatrice presque invisible sur la peau boucanée du temps, signature du néant. Il racontait donc sa vie comme il l'avait vécue jusque-là, en désordre et sans repères, au rythme emballé d'une fuite en avant. Le lecteur effaré passait ainsi sans transition, gradation ni commentaire de scènes de viol, d'inceste, de blessures sanglantes à des lettres banales recopiées mot à mot et à des lieux communs sur les taxis, le tabac, les parents. C'était du décousu main. Les pires horreurs semblaient futiles tant le narrateur les contait simplement, sans les ressaisir par l'esprit ni les mettre en perspective, les enfilant comme des perles sur un collier sans fil. Le désir, l'amour, la peur ou la joie, tout prenait la forme d'une expérience excitante que la désillusion menait vite au pourrissoir. Rien ne pesait, rien ne marquait, ça s'éparpillait et filait dans l'oubli, enfer ou ciel, qu'importe ? C'étaient des désastres sans gravité, de grands malheurs insignifiants. Il me lisait un passage mignard sur ses jeux d'enfant, Lego, vélo, puis s'écriait que ça lui rappelait quelque chose, oh oui, jubilait-il, ça va être marrant, ça, et il racontait en dix lignes comment il avait enculé un chien, une nuit — il décrivait le bâtard à gros traits, comme une fille à la page suivante —, ce qui restait son meilleur souvenir de jouissance, et de très loin, dont la honte à le restituer s'approchait, cependant. — Mais c'est vrai, ou bien tu inventes ? Ne te crois pas obligé d'en rajouter pour faire sensation, tu sais..., disais-je, ressaisie par le doute tant le fantasme ne se distinguait plus du réel, la provocation de la confession. — Mais oui, c'est vrai, protestait-il, j'avais juste oublié cet épisode. Je ne vois pas comment on peut oublier une telle volupté, marmonnait Ruel avec un reste d'ironie réflexe, mais elle était au bout du rouleau, elle ne réagissait pas. Ce qui nous minait, elle et moi, au plus profond de nous-mêmes, nous atteignant, elle dans sa fermeté intellectuelle, moi dans ma perception sensible, c'est qu'à côtoyer Luc, à le regarder, à l'entendre, à le lire, l'existence n'avait absolument aucun sens. Rien ne comptait, on comptait pour rien. La valeur de la vie s'était retirée toute.

À la fin du mois d'août, Luc a bouclé son roman. Il n'a pas voulu que je le lise en entier, il préférait, quand elle rentrerait de vacances, le donner d'abord à sa mère, sa lectrice alpha : la fille d'Amaury Troyon ne pouvait avoir qu'un excellent jugement littéraire, et la maman de Luc Markovitch allait en rester sur le cul. Non ? Il m'a seulement lu la dernière page, par laquelle je devais apprendre ce qui s'était passé de plus notable durant les trois mois qu'avait duré notre séparation.

Un soir que tu t'ennuyais et que le printemps soufflait l'envie de nouvelles rencontres, tu avais répondu à une annonce sur un site SM. C'était un boucher de soixante et un ans, qui habitait Lisieux. Tu devais aller chez lui chaussé de bottes : si tu voulais que sa domination soit légère, tu mettrais des chaussettes, moyenne, tu n'en mettrais qu'une, maximale, aucune. Tu avais enfilé pieds nus des bottes en caoutchouc et tu étais parti à Lisieux. Il t'attendait chez lui, en haut de l'escalier, d'où il t'avait regardé retirer tes bottes. Toute la nuit tu en avais monté et descendu les marches en rampant, fouetté, humilié, contraint à lécher de l'urine et de la boue, à présenter tous tes orifices, et laissé à moitié évanoui sur le carreau glacé. Ça m'a moins plu que je ne l'espérais, concluais-tu.

La rentrée s'est annoncée, Alice est revenue de chez son père, j'ai regagné mon appartement. Parmi tant d'avanies, quelque chose s'était dénoué, le nœud d'âmes violentes s'était desserré. Luc était beaucoup plus calme, il pouvait dormir fenêtre fermée s'il faisait froid et pensait à me demander si je voulais du café quand il s'en préparait. C'étaient des attentions nouvelles, certes ténues mais notables, et je les notais, de même que ses mots d'amour. « Songez que je vous parle une langue étrangère », plaide Hippolyte auprès d'Aricie — le cavalier farouche est gauche devant une femme, il ne sait pas ce que c'est. Luc apprenait vite, le discours amoureux, ses codes, sa grammaire n'auraient bientôt plus de secrets pour lui, j'ai toujours été doué pour les langues, disait-il, et il m'embrassait. D'un autre côté, ses em-bardées soudaines, ses fugues d'identité, les incartades de son être, quoique toujours fréquentes et aléatoires, ne m'envoyaient plus aussi sauvagement dans le décor ; entre deux moments de grâce, j'avais appris à juguler mon angoisse, à me reposer sur mes souvenirs : la joie n'est jamais perdue pour toujours. J'avais compris comment ne pas rompre le fil, je respectais ses temps morts, ses silences sépulcraux, *lonesome cow-boy*, je m'effaçais quand il allait dans la tombe, je le laissais se mettre au cercueil, c'est le seul truc que tu aies en commun avec le Christ, disais-je pour contrer ses visions messianiques : tu ressuscites. En réalité, il était plutôt comme les pharaons : il s'enterrait avec ses objets favoris — joints, télé, canettes de bière, ordinateur. Zinzin avait sur lui une influence bénéfique. Certes, il lui arrivait de le maltraiter, il le suspendait emmailloté dans un slip à une poignée de porte, le repoussait d'un brutal revers de main, oubliait quelquefois son repas le matin. Mais dans l'ensemble, il s'en occupait, le cajolait, l'associait à sa vie, l'emmenait partout. Zinzin, c'était à la fois lui et moi : à travers son chien, il s'aimait mieux, et m'aimait mieux. « On va aller chez le véto, lui expliquait-il. C'est un monsieur très gentil, qui peut te faire très mal. » Il parle de lui, me disais-je. En septembre, la crise financière s'amorçant, les journaux people ont revu à la baisse leurs demandes de scoops et leurs rétributions, Luc a cherché un autre travail, je veux te faire honneur, ma reine, répétait-il encore. Dans son esprit, ce n'était qu'une transition avant la gloire que son livre allait lui apporter. Il l'avait écrit en six semaines, et aussitôt envoyé à une vingtaine d'éditeurs, il était seulement inquiet du choix qu'il devrait effectuer entre eux, encore qu'il eût déjà réglé la question : il se vendrait au plus offrant, par ici la monnaie. En attendant, il s'est mis à retaper des appartements, il arrivait chez moi dans des salopettes trop courtes maculées de peinture, un manuel de plomberie sous le bras, j'aimais sa vitalité que je savais précaire, dans ces moments-là il saturait chaque instant d'une énergie phénoménale, comme s'il chargeait une batterie qui n'allait pas tarder à le lâcher. Nous étions presque un couple ordinaire, mais je ne faisais rien de la journée. Je lui parlais longuement au téléphone, je dormais, je ne sortais guère, on regardait la télévision. Je me laisse vivre, répliquais-je à Ruel quand elle s'inquiétait de mon inertie (ou mourir, glissaitelle). J'allais quelquefois aider Luc à peindre, je m'appliquais sur un volet quand soudain, relevant la tête, je le voyais, le pinceau en arrêt, le visage torturé d'angoisse et d'extase, ouh ouh, disais-je, il me souriait, j'étais en train de répondre à Fogiel s'il m'attaque dans son émission, m'expliquait-il. Mais ça m'étonnerait. Il n'osera pas.

Simone aussi était rentrée de vacances. J'étais contente — nous étions contentes — de lui parler. Ruel avait relu un texte passionnant de Pascal Quignard, qui oppose la sidération et le désir : ce qui nous cloue, en empêchant tout mouvement, annule aussi tout désir. Nous restons figés, muets, coupables et terrorisés sous le regard de Méduse. Si j'étais sur ce divan, rappelait Ruel, c'était pour apprendre à me dé-sidérer, justement. Or, depuis le début de ma rencontre avec Luc, n'était-ce pas son désir à lui que je recherchais ? Je ne cessais de vouloir lui donner du désir : désir de moi, désir d'écrire, désir d'être. Mon propre désir était comme mort. C'était sa parole que j'encourageais, que je libérais. La mienne était empêchée, inaudible, médusée. J'étais éteinte. Il était temps de rallumer la flamme, de reprendre la parole. Ruel a cité de mémoire quelques fragments de Quignard. Puis, logique, elle s'est tue. J'ai embrayé d'autant plus facilement que par chance je me rappelais un rêve que j'avais fait. Je vivais aux États-Unis, en Géorgie, mais j'avais perdu les clefs de chez moi, impossible de rentrer à la maison, j'étais très angoissée. Ensuite, je marchais au bord d'une falaise, vraiment très près du vide alors qu'il y avait de la place plus loin, et même une route où ça circulait bien, avec des lignes discontinues, mais je n'osais pas doubler. À la frontière, on me demandait mes papa, mes papa mes papiers, je ne les avais pas, je transpirais à grosses gouttes, j'avais mis deux minutes à comprendre, devant le contenu de mon sac à main éparpillé au pied du lit, que dans la vraie vie mon passeport était toujours valide. — Une maison en Géorgie, a dit Simone. — Oui, me suis-je entendu répondre, la maison de Georges. Ruel et moi avons ri à l'unisson, c'était très agréable. — Je suis comme Luc, ai-je continué, j'ai été expulsée des États-Unis. — Oui, a dit Simone. — C'est plutôt les états désunis, en fait. — Oui. — Mais je n'ai pas perdu ma patrie. Ni ma langue. Je peux m'en aller, j'ai toujours mes papiers. Mes papiers d'identité.

— Bien, a dit Simone.

Début octobre, les lettres de refus ont commencé à arriver. Luc avait fait lire son roman à sa mère. Elle avait eu un peu de mal avec la scène du corniaud, qui lui avait donné la nausée. Sinon, c'était intéressant, un peu répétitif peut-être, mais ça allait — à part les fautes d'orthographe. J'espère que ça t'a fait du bien, mon chéri, avait-elle dit en lui rendant le manuscrit raturé de rouge, qu'il avait jeté sur la pile avec les autres. Ça n'a rien à voir, avait-elle ajouté, un sourire amusé aux lèvres, mais ça me rappelle qu'un jour papa a répondu à un écrivain débutant qui lui demandait s'il avait lu son livre : « Je l'ai lu d'un derrière distrait. »

Luc n'a guère commenté sa déception. Il avait l'habitude de dégringoler de ses rêves ; judoka de la désillusion, il avait appris à tomber sans se faire mal, et cet échec s'est additionné simplement aux catastrophes sans importance. Un nouvel événement a d'ailleurs presque aussitôt effacé cet échec comme un pion pousse l'autre : son père était revenu de Russie pour fêter son anniversaire en famille, un déjeuner aurait lieu le dimanche suivant au Presbytère, j'étais invitée.

Luc m'avait averti de ne pas embrasser son père et de ne lui serrer la main que si celui-ci me la tendait, il avait la phobie des microbes. Il était aussi un peu sourd — il a dû se tapisser le crâne de son invention, à défaut de pouvoir la fourguer aux autres, a dit Luc. Il a le cerveau entièrement insonorisé. Le déjeuner a commencé aussitôt, M. Markovitch ayant décrété qu'il avait faim en tapant de la paume sur la table, est-ce que c'était prêt ? Il avait un fort accent russe, un gros nez strié de bleu, des mains de moujik. Mais je l'avais vu en photo dans la maison du Lavandou, jeune, mince et beau — le Temps seul opérait-il de pareilles métamorphoses ? Ou quoi ? Tout le monde s'est installé, la maîtresse de maison m'a fait signe de m'asseoir à la gauche du père, côté oreille sourde, elle devait penser, à juste titre, que je n'allais pas être bien loquace. Je n'étais du reste pas tout à fait là, Georges avait demandé à me voir sans me dire pourquoi, nous avions rendez-vous le lendemain. Luc était en face de moi. Il y avait aussi un vieil ami russo-polonais qui souffrait d'un début d'Alzheimer, il se rappelait parfaitement son enfance mais pas toujours son nom. Il avait travaillé autrefois dans les services secrets, ou à la DST, il ne se souvenait plus très bien de sa carrière, ce qui arrangeait ses anciens employeurs. Le plus jeune des neveux de Luc, Jérémie, âgé de cinq ans, était assis près de sa grand-mère, qui servait à présent une soupe au potiron bio parsemée de gomasio.

Je me doutais que *Festen*, visionné quelques semaines plus tôt, avait marqué l'imagination de Luc, je n'ai donc pas été surprise quand il en a amorcé sa version personnelle.

— Alors, Jérémie, comment vas-tu ? Et l'école ? Toujours aussi nul ? Le petit n'a pas répondu, il tortillait un morceau de fil de fer. Ton père n'est pas là ? Tu n'as pas invité Christian, pourquoi ? a-t-il ajouté en se tournant vers sa mère, ça aurait mis du piment dans le potage.

Sa mère l'a regardé comme on regarde un ciel d'orage, éclatera, n'éclatera pas ? Son père se coupait d'énormes tranches de pain qu'il trempait dans son assiette, alors Lech, a-t-il dit, quand est-ce que tu écris tes mémoires ? — Oui, Lèche, papa a raison, tu as sûrement des tas de choses à raconter. Tu ne t'es jamais marié, par exemple. C'est bizarre. Tu préférais tripoter les petites filles ? Et ton papa, Jérémie, a repris Luc à l'adresse de l'enfant, il ne te tripote pas ? T'as jamais mis un doigt dans le cul ? — Luc, a dit Martine Markovitch comme si elle rectifiait l'anagramme, en posant la main sur le bras de son fils. Elle aimait bien son vase fêlé, le pote au ciel le lui avait donné ainsi, mais il fallait reconnaître que de son côté de la route ne poussaient pas que des fleurs merveilleuses : les chardons, les orties envahissaient la place, un fouillis sauvage d'herbes mauvaises, une couronne d'épines. Luc s'est dégagé de son emprise. Un doigt dans le cul, a répété Jérémie. Il adorait son oncle, ses gros mots, mais avait-il le droit d'en rire, pas sûr. — Oui, Jérémie, et toi, Lèche, tu ne le sais pas non plus : Christian adore mettre sa bite dans le cul des petits garçons. Et papy aussi, sûrement, parce qu'il ne l'en a jamais empêché. Et mamy non plus, parce que mamy obéit à son mari, comme Dieu l'ordonne. Lech a gloussé, en Thaïlande ? a-t-il demandé. — Toujours tes sempiternelles histoires. Tu devrais écrire un bouquin, a dit le père en me faisant un clin d'œil, tu as tellement d'imagination. — Eh bien je l'ai écrit, justement. Maman l'a lu, elle aime bien. Et Camille aussi. Le père a reniflé avec mépris. — Tu l'as lu ? a-t-il demandé à sa femme. — Oui. Elle s'est levée, a débarrassé les assiettes. — Je te demanderai de changer de nom, dans ce cas. J'ai une clientèle, moi, une réputation. Je travaille, moi. — Tu me l'as déjà demandé en 90 quand je… — Tandis que toi, qu'est-ce que tu branles ? Tu n'as aucun diplôme, tu ne connais rien à rien et tu te mêles de tout. Amaury Troyon était avocat avant de devenir écrivain. Mais toi. Tu ne trouveras jamais d'éditeur. — Je… — Qu'est-ce que tu as fait dans la vie, hein ? Qu'est-ce que tu as réussi ? Tu n'es même pas fichu d'avoir un enfant, a-t-il grimacé avec un geste dans ma direction (*et c'est pas avec cette jument sur le retour que…*) dont Ruel a accusé réception par un silence de sphynge. Le père a pris une profonde inspiration, puis il a soufflé bruyamment, comme on vide un sac. — C'est quoi, ce livre ? Toujours cette histoire avec ton frère ? Oui ? Il s'est excusé, non ? Alors ? Tu vas continuer longtemps à nous bassiner avec ça ? Mais mon pauvre garçon, je vais te dire une bonne chose : tu vois l'escalier, là ? Un jour, tu avais trois ans, tu étais en haut, on t'appelait, tu ne voulais pas venir. Eh bien ! il a été impossible de te faire descendre, même en te frappant derrière les genoux avec ma ceinture. Tu étais buté comme un âne. Alors toi, victime ? Laisse-moi rire. Tu n'as toujours fait que ce que tu voulais. Luc a souri pauvrement, perdu, mais j'étais un enfant, a-t-il dit, mais c'était un enfant, ai-je dit. — Elle est trop cuite, ta viande, a grommelé le père. Christian aussi était un enfant. Si ça ne t'avait pas plu, a-t-il repris, tu l'aurais repoussé, tu te serais défendu, il n'a que deux ans de plus que toi, après tout. — Quatre, a dit Luc doucement. Maman ! ? — Oui Pavel,

Christian a quatre ans de plus que Luc, a admis Mme Markovitch, ennuyée que l'état civil contrarie son mari. — Enfin tu n'as rien dit. Tu devais bien y trouver ton compte… À t'entendre, tu as vécu l'horreur — pire que la guerre. — Je veux ma maman, a crié Jérémie. — Ah ! La guerre, a soupiré Lech en s'essuyant les yeux avec sa serviette. Quelle catastrophe ! — Tu ne vas pas t'y mettre aussi, toi ! Ça n'a pas été si terrible que ça pour toi, la guerre ! Mon Dieu, je suis entouré de victimes ! — Quand même…, a hoqueté Lech. Un rot sonore l'a interrompu. — Pavel…, a dit Martine Markovitch, faussement choquée. — Quand même, a repris Lech, ma mère est morte, pendant la guerre. Ils l'ont tuée. Pavel s'est servi du vin. — Pas trop de politesses, a-t-il dit.

On avait de la marge.

Tu m'as fait signe de venir, je me suis levée, tu m'as attirée sur tes genoux, m'as enlacée. J'étais un écrivain célèbre, j'étais bardée de diplômes, et je t'aimais. J'étais ton trophée, ta maîtresse carte. J'ai accepté le rôle. Je t'avais souvent vu défait, mais jamais vaincu. Nous étions dans la mythologie des premiers temps du monde, brutale, obscure et meurtrière, où un père dépossédait un fils de tout ce qui fait un père et un fils — le nom, la parole, le soin, l'amour. Zinzin, jaloux, s'est mis à nous mordiller les mollets, tu l'as soulevé de terre et nous a entourés de tes bras. — Vous allez rester dormir ici, a proposé ta mère d'un ton guilleret, tu as trop bu pour reprendre la route, mon chéri. Tu m'as regardé, les yeux pleins d'une détresse tendre, bouleversante. — D'accord, as-tu fini par dire. Mais dans la petite maison, alors : c'est là qu'on s'est rencontrés, toi et moi, la première fois, tu te souviens, mon camélia ? Ton père a allumé un cigare. — Ah ! très bien, a-t-il dit. Et c'est là que vous avez conçu le chien ?

Tous les cris les S.O.S.
Partent dans les airs
Dans l'eau laissent une trace
Dont les écumes font la beauté
Pris dans leur vaisseau de verre
Les messages luttent
Mais les vagues les ramènent
En pierres d'étoile sur les rochers
Et j'ai ramassé les bouts de verre
J'ai recollé tous les morceaux
Tout était clair comme de l'eau
Contre le passé y a rien à faire
Il faudrait changer les héros

Le lendemain, je suis partie tôt, je devais retrouver Georges à 11 heures. Il m'avait envoyé un mail, lire son adresse électronique avait suffi à produire en moi une sorte d'angoisse-réflexe, puissante, élémentaire : « Camille, il faut absolument que je vous parle. Dites-moi quand je peux venir chez vous. »

En me dirigeant vers le Balzar, j'étais irritée. Avais-je envie de lui parler, moi ? J'avais refusé sa proposition de venir chez moi. Autrefois, sauf le jour de l'enregistrement, nous nous voyions au restaurant, au café ou dans son bureau. Pourquoi changer la règle — sinon par peur que quelqu'un ne nous reconnaisse et n'ébruite notre rendez-vous secret ? Je ne le trouvais pas courageux, et j'avais moi-même envie de m'enfuir.

Il était assis de dos, rencogné au fond du Balzar, il s'est levé à mon arrivée, s'embrasser non, se serrer la main non, on s'est assis. Un an avait passé. Nous ne nous étions pas parlé de vive voix depuis qu'il m'avait « libérée de toutes mes obligations », et c'était mon nouvel éditeur qui tentait de négocier pour moi, sans résultats, la récupération de mes droits d'auteur. Mais était-ce l'objet du rendez-vous ?

En fait, il avait appris que D., l'un de ses meilleurs et plus anciens auteurs, m'avait apporté son soutien dès le début de « l'affaire », se proposant même, par solidarité, de le quitter haut et fort, ce que je lui avais demandé instamment de ne pas faire. En effet, la générosité de D., sa sollicitude et sa parfaite intelligence m'avaient beaucoup touchée, aidée, mais je savais qu'une œuvre comme la sienne trouverait difficilement sa place ailleurs, et ce dommage collatéral m'aurait été insupportable. Georges l'avait appris de la bouche même de D., et il voulait d'abord m'en remercier, il trouvait mon geste, comment dire, grand, oui, j'avais fait preuve de grandeur d'âme. — Si D. m'avait quitté, honnêtement j'aurais mis la clef sous la porte, a-t-il dit. Toute cette histoire m'avait déjà tellement affecté…, je ne m'en serais pas remis. Et moi, ai-je pensé, et moi, est-ce que je m'en suis remise ? — Je voulais surtout m'excuser pour tout ce qui s'est passé, a continué Georges. Je regrette. Je regrette vraiment. — Qu'est-ce que vous regrettez ? — Ce qui s'est passé. Mais vous m'y avez obligé, vous attaquiez l'un de mes auteurs, je ne pouvais pas faire autrement. — On peut toujours faire autrement. Gide et Claudel passaient leur temps à s'insulter, pourtant ils sont toujours restés chez le même éditeur. Vous pouviez ne pas être d'accord avec moi, et même soutenir votre auteur, sans pour autant me « congédier » par voie de presse, comme dirait *Le Figaro.* J'étais aussi l'un de vos auteurs.

On s'en doute, je n'étais pas venue sans Ruel. Elle était là, raide comme la justice au bord de la chaise, elle en rajoutait dans la rigueur parpaillote façon Actors Studio. J'étais presque entièrement planquée derrière elle, pour m'apercevoir il aurait fallu me chercher, liquéfiée, au fond des yeux, derrière la tête d'enterrement de Ruel, mais Georges de son côté baissait la tête, surjouant légèrement le regret, à l'œil presque une larme que Ruel guettait avec une ironie sauvage.

— Je sais. Mais j'étais comme fou. Je suis devenu fou, pendant des semaines j'ai été hors de moi.

Là-bas, derrière la vitre, des gens passaient,

front soucieux, arc-boutés contre le vent, leurs manteaux s'envolaient, leurs cols. Je n'ai pas répondu : j'étais devenue folle aussi, pendant ce temps-là. Folle de Luc.

— Mais c'est passé. J'ai fini par vous comprendre, a dit Georges.

— Et vous allez l'écrire dans *Le Monde* ?

— Quoi ?

— Que vous avez fini par me comprendre. Que vous regrettez. Vous allez le dire publiquement ?

Il n'a pas répondu, nous sommes restés là comme deux divorcés qui se revoient longtemps après : les griefs n'ont plus de relief, la violence a filé dans le trou de mémoire, dont le corps ne garde plus que la courbature. Je pensais à toi, je me disais que sans cette histoire nous ne nous serions pas rencontrés — nous ne nous serions pas connus, en tout cas, sans la douleur de l'abandon je ne t'aurais pas laissé forer si profond, saper toutes mes fondations, pas si loin, pas si fort —, alors, tout est bien, me disais-je, parce que, malgré tout, malgré ce monde que nous arpentons en coulisses comme l'éternelle saison des malgré tout, je suis contente de te connaître.

Le lendemain, la maison m'a envoyé des fleurs, un énorme bouquet, trente-sept roses blanches, je les ai comptées. La seule fois où j'en avais déjà vu autant, c'était sur une tombe.

Je n'ai pas vu Luc dans la semaine qui a suivi le déjeuner avec son père : la nuit même, une atroce brûlure dans la bouche l'avait réveillé. Il souffrait, avait diagnostiqué sombrement le dentiste, d'une gingivite nécrosante — le nom seul faisait geindre Luc comme un enfant au téléphone —, l'abus d'alcool et de tabac, avait dit le praticien, l'abus de pipes, a dit Luc, expliquait le mauvais état des gencives, qui dès lors se rétractaient, les dents se déchaussaient, elles finissaient par tomber, il fallait mettre un dentier, et là on meurt, a conclu Luc. Je l'ai rassuré comme j'ai pu, l'ai exhorté à suivre son traitement, je suis sale, je suis indigne — sa voix était celle d'un petit garçon —, est-ce que tu m'aimes ? oui, je t'aime, peut-être que même à lui, la mort faisait peur, au fond.

Puis, suivant son mode ordinaire de réversibilité imprévisible, il a guéri d'un coup, il se sentait très bien, il a fêté le retour de son mordant avec des *gremlins* et des bouteilles de gin.

Nous avions rendez-vous devant un cinéma des Champs-Élysées, Luc avait dû reprendre le métier de paparazzi sans me le dire, il maraudait dans le triangle d'or, cherchant la chance. Viens, a-t-il crié en abaissant la vitre de sa voiture — le crissement d'un freinage brutal m'avait déjà fait tourner la tête vers lui —, amène-toi, bordel, je n'ai pas envie de voir ce film, il me faut un remontant. Il s'est garé en double file un peu plus loin, on s'est assis de l'autre côté du zoom, à la terrasse du Fouquet's, qu'est-ce qu'on va, ai-je dit, vous êtes charmante, mademoiselle, a lancé Luc à la serveuse, vraiment à croquer, voir comme film, alors ? vous vous faites sûrement de jolis pourboires, non ? Puis il s'est mis à pianoter sur son iPhone, il avait téléchargé des sketchs de Coluche et éclatait de rire chaque fois que j'ouvrais la bouche, étendu de tout son long entre deux chaises, les yeux rivés sur l'écran, ne les relevant que pour suivre de bas en haut et de haut en bas la serveuse. Je ne disais plus rien, je mesurais l'accoutumance où j'étais maintenant de son caractère odieux, ses revirements m'étaient devenus naturels, c'était comme si j'avais toujours su que nous n'irions pas au cinéma. Nous sommes restés ainsi de longues minutes, lui s'esclaffant devant son écran, moi regardant alentour avec un intérêt feint d'écrivain à qui tout profite sans que rien l'affecte — quand j'imite Ruel, c'est à s'y méprendre. Au bout d'un moment, j'ai essayé de renouer le lien, j'ai commencé à lui raconter mon entrevue avec Georges, dans la nostalgie du moment j'avais oublié de parler de *Philippe*, dont je voulais récupérer les droits, et je… — Il aurait quel âge, ton bouquin, enfin je veux dire, ton fils ? a-t-il demandé avec indifférence. — Quinze ans. Pourquoi ? — Ce serait déjà un beau mec, alors ne regrette pas qu'il soit mort, sinon je lui aurais mis la main au cul. Je me suis levée, il m'a retenue fermement par la main, non attends je déconne excuse-moi je dis n'importe quoi oublie pardon reste avec moi. Je me suis rassise, il m'a semblé que mes jambes ne m'auraient pas portée. — Je ne comprends pas, ai-je murmuré. Tu es tellement adorable, à certains moments, tellement gentil, et puis… — Tu veux la vérité ? m'a-t-il coupé, la voix prenant son élan comme un bras avant un coup de batte. C'est dans ces moments-là que je suis le plus faux cul, le plus faux Luc : quand je suis gentil. Un vrai roman de gare. J'ai serré les dents, j'étais face au réel, je m'y cognais une fois de plus : Luc n'existait que dans l'instant, c'était une suite de mises à jour, téléchargeables en un battement de cœur. Le vrai n'était qu'un moment du faux. J'ai déplié *Le Monde* que Ruel avait pris soin d'acheter, prévoyant que j'aurais à me donner une contenance. En page « Culture », Nicolas Sarkozy déclarait : « J'irai au prochain concert d'Obispo. Je ne connais pas ses chansons, mais on ne peut ignorer quelqu'un qui remplit les salles. » Il y avait aussi un article sur l'affaire Clearstream, un portrait de Jean-Louis Gergorin, l'un des principaux acteurs de cette vaste manipulation, soixante-trois ans, polytechnicien, énarque, accusé de faux et usage de faux, recel d'abus de confiance, recel de vol. Arnaud Lagardère faisait son portrait à l'époque des faits : « C'était un personnage très créatif mais avec un côté paranoïaque qui avait pu s'avérer parfois utile au groupe Lagardère. Un garçon perturbé mais attachant qui vivait dans un monde où il voyait des complots, des assassinats mystérieux, tout en revenant à la normalité la seconde d'après, puis repartant dans un autre fantasme. » Voilà, a dit Ruel, voilà où nous en sommes, même au sommet de l'échelle. Et elle est partie dans une analyse politico-économique pertinente dont la visée était surtout de m'empêcher de pleurer. — Qu'est-ce que tu as fait de Zinzin ? ai-je dit soudain : le chien n'était pas là, ni dans la voiture. Tu l'as laissé chez toi ? — Non, a dit Luc évasivement, tout en continuant à manipuler son téléphone, il est mort. — Il est mort ? Mais… — Ouais, ce matin en sortant de mon box, je l'ai pas vu, ce con, je l'ai écrasé. Il est dans le coffre, a-t-il ajouté, geste vague. — Mais tu, il… — Attends-moi, je vais pisser, a-t-il dit en repoussant sa chaise à grand bruit.

Deux minutes ont passé, une sorte de deuil accéléré et confus où se mêlaient Luc et le chien, c'est fini, me répétais-je. Un sms s'est affiché sur le portable qu'il avait laissé sur la table, frrrout, bien rentré l'autre soir ? Je me suis retournée, Luc était installé à l'autre bout de la terrasse avec un couple de touristes — des Américains, sans doute, à en juger par son aisance attentionnée —, il attrapait la serveuse par le bras et lui commandait un autre verre avec un sourire charmeur, puis se penchait à nouveau sur un plan de Paris étalé devant lui, offrait des cigarettes à la ronde ; des éclats de sa voix me parvenaient, verre pilé.

Je suis assise sur le muret du potager, jambes nues pendantes. Tout à l'heure il m'y a hissée en me soulevant par les aisselles et m'a dit de rester là, de l'attendre. Attends-moi là, a-t-il dit, ne bouge pas, je reviens, surtout ne bouge pas. Je voudrais m'en aller, je pourrais le faire, je l'ai vu gravir le chemin qui monte vers sa maison, j'aurais le temps. Mais j'ai peur qu'il ne soit pas content, qu'il se fâche. Et surtout j'ai peur que ça lui fasse de la peine si je ne l'attends pas, il n'est pas méchant, a dit ma grand-mère, ce n'est pas sa faute, a dit la voisine, le pauvre, a soupiré la cousine. Dans l'angoisse qui me paralyse, j'ai très chaud, je transpire, le soleil tape comme à la terrasse du Fouquet's, si je m'en vais, il sera triste, il sera tout seul, si je m'en vais c'est moi la méchante. Excusez-moi, j'ai fini mon service, puis-je vous encaisser ? a demandé la serveuse. J'ai fouillé dans mon sac, suante, honteuse, j'ai payé sans la regarder, merci madame, a-t-elle dit. Je suis restée une minute encore, du rap provenait d'une voiture arrêtée en double file, vitres baissées, les passagers agitaient la tête en rythme, star-system c'est bien plus qu'un rêve Quand je m'amène la foule se lève, le bruit était assourdissant. Je me suis détournée. Qu'est-ce que je faisais là ? Est-ce que j'étais obligée d'attendre ? Qu'est-ce que j'attendais ? Qu'est-ce que j'attendais pour m'en aller ? Alors j'ai pris une grande inspiration, je me suis soulevée à la force des bras, j'ai sauté à bas du muret et je suis partie, ça s'est fait très vite, j'étais déjà sur la route qui va vers le bois, pas question de revenir en arrière, l'ombre était fraîche et agréable sous les arbres, je marchais sans me retourner, chaque pas m'allégeait, je passais devant chez Hermès, je longeais les vitrines de Mercedes, c'était la plus belle avenue du monde, Ruel marchait derrière moi, déguisée en badaud, pas peu fière d'elle et de moi, croisant les doigts afin de conjurer tout regret, tout remords — des décennies qu'elle œuvrait pour ce moment-là, elle en était presque émue, combien de fois, perdant sa légendaire indifférence, avait-elle eu envie de me botter le train pour que je descende de là, que je bouge enfin de ce putain de muret, elle ne savait plus, ses pas dans les miens elle se pinçait presque, ce n'est pas gagné, pensait-elle cependant, mais tout de même, bon… J'ai marché ainsi quelque temps, aérienne, obligée à rien. Parvenue en vue du Grand Palais, j'ai aperçu les ors du pont Alexandre-III qui scintillaient, beaux comme avant, dans mes rêves d'enfant, je savais bien que ça finirait là. Quelle heure qu'il est ? ai-je demandé. Ça va, a répondu Ruel, tu es libre, tu es libérée de toutes tes obligations, fais ce que tu veux.

Il y a eu, aujourd'hui 24 septembre 2009, 200 154 naissances dans le monde et 86 165 morts. La population totale est, un peu avant midi, de 6 794 906 953 personnes, dont 1 635 187 948 internautes. Nous avons acheté aujourd'hui 1 763 078 téléphones portables, lu 301 452 967 journaux, vendu 316 994 postes de télévision, effectué 636 373 942 recherches Google. Il n'est pas possible de dire avec précision combien de messages électroniques ont été échangés, les chiffres vont plus vite que des clics, ni combien de dollars pour quels désirs ou quels besoins. Dans 60 839 jours, au rythme de consommation actuel, les réserves de pétrole seront épuisées. On ne sait pas combien de couples se sont séparés aujourd'hui, combien le feront avant demain, combien se diront ou se rediront « je t'aime » ni combien seront des mensonges, on ne sait pas combien il y a de chansons sur terre. On ne compte plus le nombre de châteaux qu'on a bâtis en Espagne ni combien sont démolis, on ignore combien de jours restent avant la fin du monde et combien de cigarettes sont parties en fumée ce matin — plus de sept milliards en tout cas, dont celle que j'écrase maintenant après l'avoir allumée pour fêter la fin de mon roman.

Aujourd'hui 24 septembre 2009, je termine mon roman — ou je l'abandonne. Je l'avais déjà fini, de toute façon, puisque j'avais écrit la fin dès le commencement — écrire, c'est aller vers la fin, ça n'est jamais sans rapport avec la mort, bien que d'autres l'appellent aussi la vraie vie. J'y mets le temps, d'abord je traîne des pieds, je marche en crabe, je me baguenaude à la va-comme-je-te-pousse, je regarde ailleurs si tu y es. Et puis un jour je m'y mets, je m'y mets comme on se met en route, je vois le chemin qui mène à la fin, j'en vois le bout très clairement et sans cris de joie, ce n'est pas le bout de mes peines. Je m'y mets, donc, en avant toute, je m'y mets toute, *andiamo*, je n'écris pas des livres pour savoir ce qu'il y a dedans, je les écris parce que je suis dedans, je m'y mets tout entière comme on vous met en terre, dans chaque livre je porte l'amour au tombeau, je le fais avec des mots vivants, mais je le fais, je n'y vais pas de langue morte mais j'y vais, j'écris, je cherche une langue vivante pour des choses mortes, j'écris, je consigne des objets perdus — je raconte ce qui m'a mise dedans, persiste et signe.

Luc, aujourd'hui j'abandonne le roman. Tu ne t'appelles pas Luc, bien sûr, dans la vraie vie, c'est un roman, alors il porte le deuil de ton nom, Luc est la marque de ton absence. Tu n'es pas russo-polonais non plus, seulement écrit dans un autre alphabet, et bien que je te parle comme en flash-back tu n'es pas loin, à peine deux kilomètres à vol d'oiseau, tu vis à Paris, je serais chez toi dans cinq minutes, si j'étais un oiseau.

Qu'avions-nous de commun, toi et moi ? Qu'est-ce qu'on faisait ensemble ? C'était la carpe et le lapin, notre histoire — mais pas comme on croit : une carpe plutôt bavarde, qui n'en finit pas de raconter, et un lapin pas si chaud, pour qui l'amour reste une énigme. Un paparazzi et une agrégée, qu'est-ce que ça fait ensemble ? Un baroudeur et une romancière ? Un provocateur et une protestante ? Un pédé et une amoureuse ? Un homme et une femme ?

C'était le parapluie et la machine à coudre,

notre histoire, dont la rencontre produit parfois de la beauté sur cette table de dissection qu'est toujours un roman. Tu voulais que je l'écrive, et en même temps tu avais peur que je ne reste avec toi que pour l'écrire. « Je ne sais pas ce que tu trafiques, disais-tu quand tu me voyais noter quelque chose, mais je sens qu'un jour je vais comprendre ma douleur. » Je n'aurais su mieux dire à quoi sert la littérature — ce qu'elle doit être dans le rapport qu'elle entretient par essence avec la douleur : pourquoi des livres si l'on n'a pas souffert ? Parmi eux, certains s'offrent à partager la douleur, à l'adoucir, à la distraire, à l'escamoter. Mais d'autres ont une autre visée, que la vie rapide et la cécité ordinaire ne permettent pas. On est malheureux sans le savoir, on ne veut pas le savoir, on étouffe le malheur dans le narguilé de l'oubli, on titube dans un paradis artificiel pour nier qu'on a perdu et renier ce qu'on n'a plus, on roule des pelles à la mort comme si elle allait nous ressusciter. Alors il y a des livres — n'est-ce donc rien ? — dont la lecture comme l'écriture, loin de nous embarquer ailleurs, nous tirent vers le miroir, vers un lieu où, nous voyant soudain à l'arrêt, saisis dans le cadre, ombres, cernes, rides gravés sur le visage vif-argent de l'enfance, nous pouvons simplement, simplement comprendre notre douleur.

Qu'est-ce qu'on faisait ensemble ? C'était le fou et la reine, notre histoire. Ma reine, disais-tu avant de faire le cochon pendu sur mon balcon pour m'impressionner — « pour te faire rire, ma reine ». Tu es fou, disais-je. Tu étais le fou de la reine, celui qui dit la vérité, ou son absence. Celui qui ment parce que tout est mensonge et qu'il n'y a que faux-semblants, plâtre ou vernis sur le drame de vivre. Celui qui fait semblant de tout quand d'autres font semblant de rien. Celui qui dénonce la vie, dehors comme dedans, dénonciation vivante. Celui qui la célèbre, aussi, qui la chante sur son luth à deux balles, baladin. Celui qui guette à la dérobée ce que font les autres pour oublier ce que les autres lui font. Celui qui se permet tout de peur d'être partout interdit, celui que la loi défrise, et qui l'enfreint pour des rêves défunts.

Qu'ont-ils échangé, la reine et le fou ? Un soupçon de légèreté contre un peu de lest, un grain de fantaisie contre un peu de plomb dans la cervelle, une ancre, un port contre un voyage en ballon, un sceptre contre un hochet, tous deux en toc. Ce que tu as aperçu par mes yeux, entendu par ma voix, je l'ignore — peut-être un bout de ce verger où les fruits sont des mots. Je t'ai surtout forcé à me voir, à me considérer. À Djerba, souviens-toi, tu ne me regardais pas. Depuis, je n'ai eu de cesse que tu t'aperçoives de moi. « Il y a quelqu'un en face », telle sera la leçon de la reine au fou. J'ai mis de l'autre dans ta vie. Toi, tu m'as fait tout voir en gros plan, tu as tout mis au bout du zoom — la différence des sexes, les conventions humaines, les codes de politesse et d'honneur, l'amour, tout a débordé du cadre, a cessé de s'insérer dans un ensemble, tout a perdu sa précision, son sens. À vouloir sans cesse agrandir la focale, tu as brouillé les lignes de force qui arrêtaient mon regard, organisaient ma raison : tu as flouté toutes les frontières qui séparent l'enfant de l'adulte, l'homme de la femme, le cauchemar du rêve, le vrai du faux, le désir du dégoût et la folie de la sagesse, transformant les identités claires en contours confus de pixels bleutés — no man's land. Reste un monde d'illusions où dérivent des atomes pas forcément crochus. Je ne sais plus rien. « Il n'y a rien à comprendre » : n'est-ce pas là ton message ? Le point ne sera jamais fait entre toi et moi, ça ne cadre pas, c'est mal défini, et notre amour, photo bougée, ressemble à un cliché volé. Je te vois net, pourtant, sur l'arête de l'adieu : frontalier, funambule, tu marches sur le fil d'où nous pouvons tous tomber, où ton corps, le bien balancé, au mépris des lois de la terre, au défi de la gravité, raconte une histoire futile dont le héros est le vide.

Je suis arrivée sur le pont Alexandre-III, je l'ai traversé. Tu étais encore assis à la terrasse du Fouquet's, tu ne t'étais pas aperçu de mon départ. Je suis rentrée chez moi et j'ai mis mon portable en mode « silence ». Bientôt tu vas chercher à me joindre en m'appelant frénétiquement pendant cinq ou six minutes. Les Américains t'auront laissé leurs coordonnées, mais tu n'auras plus envie de les voir. Tu attendras que je te rappelle, je ne le ferai pas. Alors tu iras sur Gayvox, tu choisiras un nouveau pseudo, tu rédigeras ton message d'accueil, « jolie pièce de viande cherche son croc de boucherie », tu mettras une photo de toi nu, tête coupée. Ou bien tu iras sur Meetic, bôbrun 35 ans tendre fleuriste cherche rose à cultiver, tu répondras au Quizz de joliedouce-a233, 27 ans, esthéticienne à Pantin, es-tu romantique ? oui, très, la fidélité pour toi c'est ringard important indispensable sacré ? sacré, elle acceptera de te rencontrer, vers minuit tu l'emmèneras au Presbytère en voiture, mais, un peu avant d'arriver, tu braqueras à droite, tu ouvriras un portail et tu entreras bille en tête dans le cimetière de Plessis Bel, dont tu parcourras les allées à cent à l'heure en klaxonnant, ta passagère sera accrochée aux poignées de son sac, elle aura perdu son père un mois plus tôt, qu'elle adorait, tu riras, tes gencives seront encore un peu noires par endroits, arrête, dira-t-elle, tu accéléreras. Ou bien tu regarderas une émission sur les étoiles en buvant de la vodka, « sale pute », lirai-je sur ma messagerie, je regarderai les notes prises dans mon carnet, je relirai le *Journal de toi*, je retrouverai le seul texte entièrement rédigé, celui de la fin, sur le pont, je m'installerai devant mon ordinateur, tu mettras à fond *Across the Borderline* chanté par Willy DeVille, tu fredonneras en anglais, en français, on t'avait dit qu'il y avait un endroit où les rues étaient pavées d'or, juste au-delà de la frontière, *just across the borderline*, et maintenant que c'est ton tour, voici ce que tu dois savoir : tu pourrais perdre beaucoup plus que tout ce que tu croyais trouver. Lorsque tu atteindras la terre faussement promise, tous les rêves te glisseront des mains, mais il sera trop tard pour revenir en arrière, car tu auras payé le prix pour arriver si loin et finir là, *just across the borderline.* Tu m'enverras un message, tu me diras que tu m'aimes, que tu m'aimes malgré tout, que tu m'aimeras toujours, même passée la frontière. À Ruel qui se félicitera que tout soit fini entre nous, rappelant combien tu fus odieux, pervers, insupportable, je répondrai que j'ai moins souffert de toi que du silence, que dans la fosse où je suis tombée, tu n'as pas voulu m'entraîner, que dans le gouffre sourd aux appels tu n'as pas voulu m'abîmer — simplement, tu y étais déjà. Ma mémoire pourtant te verra toujours sur le fil et non à terre, comme un équilibriste dégringolé pour rire qui remonte aussitôt et reprend son numéro — tant qu'il court il tient. Je relirai des pages de *Lord Jim* : *Le dernier mot n'a pas été dit — ne le sera probablement jamais. Nos vies ne sont-elles pas trop brèves pour nous permettre d'exprimer jusqu'au bout ce que nos bégaiements s'évertuent inlassablement à exprimer ? J'ai renoncé à entendre ce dernier mot, dont le son, si l'on pouvait seulement le prononcer, ébranlerait la terre et le ciel,* j'ouvrirai un nouveau fichier, et je me mettrai à mon roman en commençant par la fin, dans un papier translucide tu rouleras de la fleur d'oubli.

C'était un homme toujours au bord de tout, à la limite, prêt à basculer. Le voilà encore sur le point de le faire, de franchir la frontière qui sépare l'homme du personnage, et la vie du papier imprimé. Ce passage-là, il ne l'a pas choisi, encore que, en un sens, il l'ait toujours guetté. « Ça me pend au nez », disait-il quelquefois. Ou bien : « Tu le notes, ça ? Note-le, sinon, tu es vieille, tu vas l'oublier. » Il est difficile ou impossible de savoir quelle part de désir il y avait en lui d'être dans un livre. Je l'ai parfois soupçonné de l'écrire pour moi sur fond de ciel, de faire avec tout son corps non pas exactement le plan de l'intrigue mais sa chorégraphie, et d'avoir à mon intention des mots d'auteur. Disant cela, je cherche peut-être à me dédouaner, oui, à passer moi-même une frontière, cette douane impitoyable où ce qu'on déclare n'est qu'une infime partie de ce qu'on porte, où l'on passe en contrebande ce qu'on a volé, et au-delà de laquelle il faut abandonner l'idée d'être sincère. Oui, je cherche à engendrer ce livre, à descendre les stations qui mènent en enfer, là où les corps sont des ombres. Mais avant de voir comment je vais faire, ce qu'il va falloir changer de la vie réelle, je veux rappeler du mouroir ce qui me revient de plus beau, ce que j'ai de plus cher — un cliché sur le cœur pour supporter le voyage. C'est un passage aussi, une autre frontière, celle-là nous l'avons passée ensemble. Le 31 décembre 2007, nous étions sur le pont Alexandre-III en compagnie d'une amie russe,

Marina. C'est elle qui a filmé avec mon téléphone portable la vidéo où je nous regarde : j'entends la clameur de la foule quand il a été minuit, « un baiser, un baiser », crie Marina, nous nous embrassons, comme il est beaucoup plus grand que moi on dirait qu'il m'attaque, qu'il va me manger, bonne année ma chérie, dit-il, j'entends sa voix puis ça coupe, je continue de mémoire, tu me tiens contre toi, tu me parles à l'oreille, je t'aime toujours en 2008, puis tu prends la bouteille de champagne posée sur le parapet, remplis nos gobelets en plastique, nous rions, tu trinques avec Marina, le feu d'artifice éclate là-bas sur le Champ-de-Mars, des jets de couleur qui ne peignent rien sur le ciel, tu reviens vers moi, toques ton gobelet contre le mien, à Christophe Maé, dis-tu, je te souris, tes yeux sont tendres, on boit, on se regarde, bien sûr qu'on se regarde, t'as l'intégrale du gendre idéal, on s'étreint, on s'embrasse, il n'y a pas de paparazzis.

Outre les extraits d'œuvres ou de chansons explicitement nommées, ce livre comprend des citations, parfois modifiées, de :

Paul Celan, Guy Debord, Lautréamont, Jean-Pierre Lebrun, Jean-François Lyotard, Raymond Queneau, Jérôme Solal ;

Woody Allen, Coluche ;

Lucienne Delyle, Madina Lake, NTM, Alain Souchon et Charles Trenet.

DU MÊME AUTEUR

Aux Éditions Gallimard

TISSÉ PAR MILLE, 2008

ROMANCE NERVEUSE, 2010 (Folio n° 5308)

Aux Éditions P.O.L

INDEX, 1991 (Folio n° 3741)

ROMANCE, 1992 (Folio n° 3537)

LES TRAVAUX D'HERCULE, 1994 (Folio n° 3390)

PHILIPPE, 1995 (Folio n° 4713)

L'AVENIR, 1998 (Folio n° 3445)

QUELQUES-UNS, 1999

DANS CES BRAS-LÀ, 2000. Prix Femina (Folio n° 3740)

L'AMOUR, ROMAN, 2003 (Folio n° 4075)

LE GRAIN DES MOTS, 2003

NI TOI NI MOI, 2006 (Folio n° 4684)

Aux Éditions Léo Scheer

CET ABSENT-LÀ. *Figures de Rémi Vinet,* 2004 (Folio n° 4376)

Chez d'autres éditeurs

LES CINQ DOIGTS DE LA MAIN, théâtre, ouvrage collectif, *Actes Sud,* coll. Heyoka, 2006

LETTRES À UN ADOLESCENT, ouvrage collectif, *Bayard,* 2009

Composition Nort compo
Impression Novoprint
á Barcelone, le 20 septembre 2011
Dépôt légal: septembre 2011

ISBN 978-2-07-044325-7 / Imprimé en Espagne.

183049